챗GPT와
함께하는
소설 창작

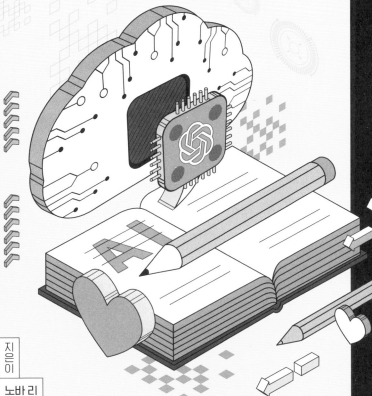

일러두기

- 이 책의 질문과 답변은 ChatGPT-4로 작성되었습니다.
- 프롬프트 입력에 도움이 되도록, 일부 번역에는 영어 원문을 병기했습니다.

AI 기술을 적용한 도구는 더 빠르게, 더 좋은 소설을 쓸 수 있게 해준다.

과감한 주장이지만, 내가 네 달 동안 직접 AI 기술을 활용해 소설을 쓰고 작업물의 질과 양이 얼마나 향상되었는지 확인하니 이 주장에 확신을 실을 수 있었다.

십 년 넘게 글을 써 오면서 다양한 필명으로 소설과 비소설을 합쳐 책을 열세 권 펴냈지만, 글을 쓰는 일은 여전히 어렵다. 그러나 오해하지 않기를 바란다. 난 글쓰기를 사랑한다. 머릿속에만 있던 내 구상이 실체를 띠고 그게 다른 사람들에 의해 읽히는 걸 보는 게 즐겁다. 하지만 지금 내가 있는 곳까지 닿는 길은 늘 어질러져 있었다. 실패한 시도들, 행위의 목적성을 모르는 데서 오는

극심한 고통, 그리고 버려진 수십 개의 프로젝트들이 뒤엉켜 나뒹굴었다. 그러는 동안 절반이 넘는 작품은 결국 빛을 보지 못하고 버려졌다.

내 상황은 이랬다. 영원히 끝맺을 수 없을 것 같은 또 하나의 책 초안을 가지고 씨름하던 중이었고, 해가 거의 끝날 무렵 AI 글쓰기 도구에 대해 처음 듣게 되었다.

그때 난 쓰고 있던 책의 갈피를 잡지 못한 채 헤매고 있었는데, 다른 작가들의 긍정적인 경험담을 점점 더 많이 듣던 참이라 직접 챗GPT를 써 보기로 마음을 먹었다. 그렇게 마음먹은 과거의 내가 어찌나 장한지!

처음에는 챗GPT를 어떻게 쓸지도 몰랐고 그다지 놀라운 기술도 아니라고 생각했다. 하지만 점점 더 많은 시간을 투자하면서 유튜브 영상도 몇 개 보고, 프롬프트 생성(앞으로 이 책이 끝날 때까지 마르고 닳도록 다룰 주제이다)에 관해 배우기 시작하면서 챗GPT가 얼마나 강력한지 조금씩 깨닫기 시작했다. 그리고 얼마 지나지 않아, 내가 수년간 구상해 왔던 이야기의 개요를 짜고 집필을 시작할 수 있었다. 목적이 분명한 구체적인 프롬프트를 적용하니 끝낼 수 있으리라 생각지도 못한 이야기를 매조지는 수확을 거두었다. 거기서 끝이 아니라 내 글쓰기 실력 또한 빠르게 향상되었다. 챗

GPT를 활용하니 똑같이 주어진 시간이나 인내심을 가지고도 더 심도 있는 글을 쓸 수 있었다. 내가 배운 점을 이 책을 통해 나눔으로써 독자들도 나와 똑같은 성취를 누리도록 돕고자 한다.

챗GPT 같은 도구를 활용하는 건, 올바르게 활용하기만 한다면 글을 더 빠르게 쓸 수 있게끔 만들어 준다. 하지만 더 주목할 점이 있다면, 이러한 도구로 우리가 더 나은 글을 쓸 수 있다는 것이다. 나는 짧은 시간 내에 챗GPT를 사용해서 소설을 썼고, 글쓰기 기술이나 플롯, 인물, 그리고 주제를 더 깊이 파고드는 법에 대해 어느 때보다 많이 배울 수 있었다. 또 시간과 기술 부족으로 끝낼 수 없으리라 생각하던 프로젝트를 끝마치기까지 했다. 나는 소설 쓰기 과정을 작은 구성 요소로 나누어 각 요소를 챗GPT를 이용해 공부했기 때문에 내게 통하는 소설 쓰기 과정을 만들어 낼 수 있었다. 작가는 전부 다르고 각자의 고유한 글쓰기 과정이 있다고 생각하지만, 내 깨달음과 경험을 공유함으로써 이 글을 읽는 사람들도 자신에게 맞는 자신만의 AI 글쓰기 과정을 발전시킬 수 있기를 바란다.

많은 이들이 AI를 활용하는 건 글쓰기에서 인간성을 걷어내는 일이라고 걱정하거나 작가를 완전히 대체해 버릴 거라고 우려

한다. 하지만 내가 경험한 바에 따르면, AI 기술은 창의성을 확장해 주고 글을 마주할 때 재미와 기쁨 같은 신선한 감정을 느끼게 해 주었다. 마치 동료 작가와 협업하는 기분마저 들기도 했다. 챗GPT는 소설 쓰기를 힘들고 단조로운 일로 만드는 지루한 과정을 해결해 주는 데 그치지 않고 아이디어를 강화하고, 장면과 인물에 새롭게 접근할 수 있는 방법은 물론 이전에는 상상할 수도 없던 방법까지 제시한다.

이 놀라운 도구를 다루며 주로 어려웠던 점은 이걸 어떻게 효율적으로 활용할지, 최상의 프롬프트는 어떻게 만들지, 그리고 이를 활용하는 나만의 고유한 방식과 과정은 어떻게 개발하면 좋을지였다. 이 책에서는 개요 짜기부터 세계관 구축, 편집과 인물 생성까지 작가들이 흔히 씨름하는 주제를 다루어 그 고충을 더 쉽게 해결할 수 있게끔 노력했다. 절마다 내가 챗GPT와 나눴던 대화의 예시는 물론이고 대화를 시작할 수 있는 실제 프롬프트까지 제시할 것이다.

GPT-4를 위한 업데이트: 내가 이 책의 초고를 쓴 이후로 오픈AI가 GPT-4를 선보였는데, 이는 내가 원래 소재로 삼고 쓰던 GPT-3보다 훨씬 더 강력한 모델이다. 현재 GPT-4는 유료 구독자만 사용이 가능하지만, GPT-3.5는 여전히 무료이다. 이 책에 쓰인 건 전부 GPT-3.5와 GPT-4 양쪽 버전 모두에 적용이 가능하므로 내키지 않는다면 굳이 유료 서비스를 구독할 필요가 없다. 그래도 내가 이 책에 쓴 방법은 GPT-3, GPT-3.5, GPT-4에 동등하게 적용할 수 있다. 그저 GPT-4에서 훨씬 수월하게 이루어질 뿐이다.

AI 기술은 내가 이해하는 속도보다 더 빠르게 변화하므로 이 글을 쓰면서도 미래에는 일부 또는 대부분의 정보가 유효하지 않을 거란 것도 안다. 게다가 오픈AI 도구가 지금은 무료 버전을 배포하더라도 미래에는 아닐 수도 있다. 작가들을 위한 AI 도구인 재스퍼.ai, 수도라이트 같은 여타 프로그램도 존재하지만, 내가 여럿 써 봤을 때도 사용법만 익힌다면 챗GPT를 활용하는 것이 가장 간단했다. 그러나 어떤 프로그램이 있는지 살펴보고 더 쉬운 프로그램을 선택해 활용하기를 추천한다. 결국 더 좋은 글을 빠르게 쓰는 것이 목적이므로 내게 그 목적을 이뤄 주는 프로그램이라면 뭐든 상관없을 테니까!

행운을 빈다. 당신이 더 좋은 작가가 되기를 바라며 쓴 이 책에서 새롭고 유용한 정보를 얻어 가기를 바란다.

차례

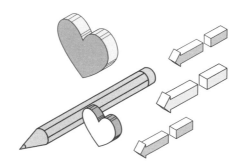

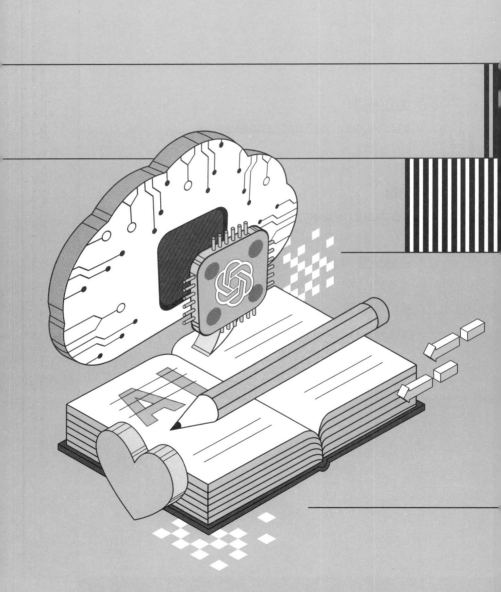

01

기초

챗GPT란?

이 책을 읽는 당신은 챗GPT가 무엇인지 정도는 알고 있겠지만, 혹여나 모르는 사람들을 위해 챗GPT의 설명을 가져왔다.

나 챗GPT가 뭔지 간단하게 설명해 줄래?

GPT-3 챗GPT-3는 오픈AI가 개발한 AI 언어 모델로서 현존하는 최고의 고급 언어 모델 중 하나입니다. 챗GPT-3는 인터넷, 책, 그리고 다른 출처에서 습득한 엄청난 양의 텍스트 데이터에 대한 훈련을 거쳐 만들어졌습니다. 이러한 훈련 덕분에 거대 언어 모델이 언어의 패턴과 뉘앙스를 이해할 수 있고, 따라서 인간과 비슷한 텍스트를 생성할 수 있습니다.

제가 '인간과 비슷한 텍스트'라고 한 것은 기계가 아닌 인간이 쓴 것처럼 보이는 글을 의미합니다. 이게 제가 받은 훈련의 핵심적인 특성이며, 그래서 논리적이고 자연스러워 보이는 언어로 프롬프트에 응답할 수 있는 것입니다. 이야기를 만들거나 대화를 쓰거나 인물을 창조할 때에도 생동감 있고 설득력 있는 방식으로 그 과정을 도울 수 있습니다.

챗GPT는 대화를 이어 가고, 광고 문구를 쓰며, 변호사 시험을 통과하고, 랩 가사와 논문을 쓰고, 시험 준비를 도울 수 있는 AI 도구이다. 그러나 이 책의 맥락을 고려할 때 더 중요한 능력은 챗GPT가 바로 훌륭한 소설 쓰기를 도와준다는 것이다. 이 책에서는 챗GPT가 놀라운 방식으로 소설 쓰기를 돕는 방법을 탐구하겠지만, 챗GPT를 스스로 더 오래 뜯어볼수록 자신에게 잘 맞는 방식으로 활용할 방법을 더 많이 발견할 것이다.

GPT-4를 위한 업데이트: 이 책의 초고를 쓸 때는 챗GPT가 무엇인지, 어떻게 작동하는지 깊이 있게 이해하지 못한 상태였다. 그래서 초고를 쓰는 몇 달 동안 강박적으로 챗GPT에 대해 배워 나갔다. 챗GPT의 작동 원리에 대해 간단히 덧붙이고자 하는데, 그러면 챗GPT의 똑똑한 활용법을 이해하는 데 도움이 될 것이다.

챗GPT는 GPT를 이용해 소통하는 챗봇 인터페이스로서 일종의 거대 확률 기계와 사람이 더 쉽게 소통할 수 있게 만들어 준다. 내가 이해한 GPT의 작동법은 텍스트를 토큰 단위로 쪼개는 것인데, 토큰이란 GPT가 이해할 수 있는 말의 단위이다. 챗GPT는 훈련을 받을 때 인터넷에서 접근할 수 있는 모든 텍스트를 토큰으로 쪼개고 그 단어에 확률을 부여했다. 내 머리로 이해하기에는 정말 복잡하고 어렵지만, 프롬프트가 입력되면 챗GPT는 훈련받았던 모든 것의 확률에 기반하여 일련의 토큰을 생성한다.

GPT-3와 GPT-4의 가장 큰 **차이 중 하**나는 토큰과 관련이 있다. 구모델에서 챗GPT는 오직 일정한 양의 토큰만을 '기억'할 수 있었다. 그래서 오래될수록 프롬프트와 답변을 잊을 때가 많았던 것이다. GPT-3는 토큰 제한이 4천 토큰 정도였지만 GPT-4는 3만 2천 토큰으로 증가했다. 꽤 인상적인 증가세다! 그러므로 GPT-4는 대화를 훨씬 더 오래 기억할 수 있지만, 결국 GPT-4 역시 한계에 다다르고 말 것이다.

계정 생성

계정을 만들고 챗GPT를 시작하려면 chat.openai.com에 가서 구글이나 마이크로소프트 계정으로 로그인해야 한다. 싱거울 만큼 쉬운 방법이다. 아니면 아래의 단계를 따라 보자.

1. 오픈AI 웹사이트(https://openai.com)를 방문해 'Get Access(사용 시작하기)' 버튼을 누른다.

2. 이름, 이메일 주소, 비밀번호를 포함한 개인 정보 양식을 채운다.

3. 오픈AI API 이용 약관 및 개인 정보 정책을 읽고 이에 동의한다.

4. 양식 작성을 마쳤으면, 제출 후 오픈AI가 검토 후 가입 요청을 승인할 때까지 기다린다.

5. 계정이 승인되면, 오픈AI API 대시보드에 로그인해서 API 키를 생성한다.

6. 이제 오픈AI의 API를 통해 API 키로 GPT-3나 GPT-4에 접근할 수 있다. 오픈AI API 플레이그라운드, GPT-3 샌드박스 등 GPT 모델들과 소통할 수 있는 다양한 플랫폼과 도구들이 존재한다.

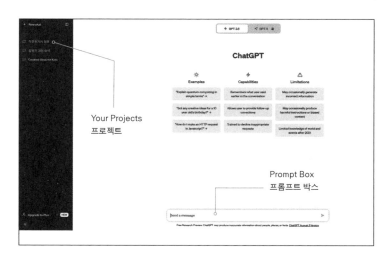

7. 계정이 있으면 chat.openai.com에 접속하여 모든 프로젝트의 허브가 될 시작 화면을 열 수 있다. 이 주화면에는 프로젝트가 나열돼 있는 검정 막대가 보인다. 프로젝트를 새로 생성하면, 클릭해서 돌아갈 수 있는 서로 다른 폴더로서 프로젝트가 나타난다. 그 프로젝트 내에서 AI는 이전에 일어났던 모든 것을 기억한다. 흰 부분의 맨 아래에서는 프롬프트 바를 찾을 수 있을 것이다. 여기서 새로운 프로젝트를 생성할 수 있다.

프롬프트 기초

모든 프로젝트의 첫 단계는 프롬프트이다. 프롬프트는 챗 GPT가 기반으로 삼거나 대응하여 텍스트를 생성하게 해 주는 문장이다. 프로젝트를 시작하는 프롬프트를 하나의 정답을 구하는 단 한 번의 질문이 아니라 긴 대화의 시작이라고 생각하면 좋다. 프롬프트는 입력하는 사람이 원하는 대로 간단하거나 복잡하게 만들 수 있고, 질문, 의견, 사진 등 얻고자 하는 것과 관련이 있다면 어떤 것이라도 다양하게 포함할 수 있다.

최상의 프롬프트란 잘 구성되어서 모델에게 텍스트 생성에 관한 명확한 방향을 제시하는 것이다. 효율적인 프롬프트의 핵심은 다음과 같은 요소를 포함한다.

구체성: 구체적이고 특정한 주제, 또는 당신 이야기의 한 측면에 집중돼 있어야 한다. 예를 들어 '이야기를 써 줘'라는 프롬프트 대신 '작은 마을에서 살인 사건을 해결하는 형사에 관한 이야기를 써 줘'라는 구체적인 프롬프트를 써야 한다.

명확성: 명확하여 이해하기 쉬워야 하고, 오해의 여지를 남겨서는 안 된다. 모델이 이해하기에 어려운 복잡한 언어나 용어는 피한다.

모호성: 창의적인 해석이 가능하도록 확장 가능성을 지니되 애매하거나 헷갈리는 수준까지 가서는 안 된다. 구체성과 모호성 사이의 균형을 맞추는 일이 중요하다.

관련성: 당신의 이야기와 그 주제, 인물, 설정과 관련이 있어야 한다. 그러면 모델이 이야기의 전반적인 어조 및 형식의 일관성을 지키는 텍스트를 생성해 줄 것이다.

길이: 너무 짧지도 너무 길지도 않은 적절한 길이를 지켜야 한다. 프롬프트가 너무 짧으면 모델에게 충분한 정보를 제공하

지 못하지만, 그렇다고 너무 길면 모델이 이해하기에 너무 벅차서 어려움을 겪을 것이다.

위와 같은 요소를 지키면, 소설 쓰기를 위한 고품질의 텍스트를 생성해 주는 효율적인 프롬프트를 만들 수 있다.

일단 챗GPT에 프롬프트를 제공하면, 프롬프트에 대한 응답으로 챗GPT가 텍스트를 생성한다. 이 텍스트는 다양한 형태를 띠어서 완전한 문장, 문단, 또는 그보다 더 긴 글이 될 수도 있다. 챗GPT에 의해 생성된 텍스트는 사용자가 입력한 내용에 따라 달라지는데, 그 내용으로는 정보, 인물, 사건, 그리고 프롬프트와 관련된 어떤 것이든지 입력할 수 있다. 챗GPT를 위한 프롬프트를 생성할 때는 문법이나 구두점이 '매우' 중요하다.

챗GPT가 생성한 텍스트의 품질은 프롬프트의 품질에 좌우된다. 챗GPT에게 명확하고 간결하게 잘 쓰인 프롬프트를 제공한다면, 그와 비슷하게 명확하고 간결하게 잘 쓰인 텍스트를 생성할 것이다. 반면에 프롬프트가 애매하고 헷갈리며 조악하게 쓰였다면, 챗GPT가 생성하는 텍스트 역시 그를 반영하게 된다.

프롬프트 입력창 근처에는 'regenerate response(답변 재생성)' 버튼도 있다. 챗GPT가 처음에 만들어 낸 답변이 맘에 들지 않으면, 프로그램을 다시 돌려서 더 나은 답변을 생성하는지 확인할 수 있다. 그러나 대체로 챗GPT의 답변이 좋지 않은 건 프롬프트가 좋지 않았을 때이다. 나는 대개 답변을 재생성하는 대신 프롬프트를 바꾼다.

개요, 인물 이름, 주제, 전경 등 원하는 결과를 도출하기 위한 구체적인 프롬프트에 관해서는 해당하는 부분에서 더 알아볼 예정이지만, 일반적으로 나는 프롬프트 박스를 대화의 시작이라고 여긴다. 그냥 노는 것처럼 이런저런 방식으로 질문을 다시 표현해 보고 다양한 것들에 대해 물으면, 챗GPT는 놀랍고도 영감을 불러일으키는 결과를 내놓을 것이다!

아래는 챗GPT에게서 다양한 결과를 얻을 수 있을 만한 프롬프트를 나열한 짧은 목록이다. 이 목록은 선택지에 관해 고민을 시작할 수 있게 해 주는 아주 기초적인 것이다. 프로젝트를 진행할 때 잘 통했던 최상의 프롬프트들을 정기적으로 기록하거나 이전 프로젝트로 주기적으로 거슬러 올라가 잘 통했던 것들을 상기하여 그와 같거나 비슷한 한정 요소를 다시 활용하기를 추천한다. 나는 많은 경우에 내 프롬프트들을 그대로 복사한 후 붙여 넣어 쓰거나 아주 사소한 사항만 바꾸어서 새로운 정보를 이끌어 냈다. 이는 연속성을 해치지 않고 장면의 흐름을 만들려고 할 때 특히 도움이 된 방법이다. 챗GPT가 이전의 것들을 아무리 잘 기억한다고 하더라도 프롬프트의 연속성을 활용하는 것이 이전과 똑같은 결과를 더 많이 얻는 데 도움이 됐다.

 추천 프롬프트

살인 사건을 맡은 형사에 관한 소설을 쓰려는데, 흡입력 있는 도입부 장면을 쓸 수 있게 도와줄래?
Can you help me come up with a gripping opening scene for my novel about a detective solving a murder case?

주인공 인물에 살을 붙이고 싶은데, 다양한 상황에서 주인공이 할 수 있는 생각이나 행동을 예시로 들어 줄래?
I need help fleshing out my protagonist, can you provide examples of their thoughts and actions in different situations?

반전을 구상했는데, 이 반전을 이야기에 그럴듯한 방법으로 녹여 낼 수 있게 도와줄래?
I have an idea for a plot twist, can you help me incorporate it in a believable way?

내 주이야기를 강화할 만큼 현실적인 부차적 플롯들을 만들 수 있게 도와줄래?
Can you help me create a list of possible subplots that could enhance my main story?

내 소설에 맞는 어조를 못 찾겠는데, 다르게 접근하는 대화의 예시를 들어 줄래?
I'm having trouble finding the right tone for my novel, can you provide examples of dialog that show different approaches?

주인공을 더 복잡하고 다차원적으로 만들기 위한 인물 호[character arc](이 야기가 진행되며 인물이 겪게 되는 여정을 뜻하며 역경, 내면의 변화 등을 포함한다.-옮긴이) 를 생각해 낼 수 있게 도와줄래?
Can you help me create a character arc for my antagonist that makes them more complex and multi-dimensional?

풍부하고 현실적으로 느껴지는 설정 및 세계관을 구체화하는 걸 도와줄래?
Can you help me flesh out a setting and world building that feels rich and believable?

내 이야기를 관통하며 그 의미를 심화하는 주제를 설정할 수 있게 도와줄래?
Can you help me develop themes that run through my story and deepen its meaning?

소설에 유머를 더하고 싶은데, 유기적이며 인물의 성격에서 벗어나지 않는 방법을 생각해 낼 수 있게 도와줄래?
I want to add humor to my novel, can you help me find ways to do this in a way that is organic and in-character?

허점이 있던 부분을 한데 묶어 주고 독자들에게는 마무리되었다는 느낌을 줄 만한 만족스러운 결말을 만들 수 있게 도와줄래?
Can you help me create a satisfying conclusion that ties up all loose ends and leaves the reader with a sense of closure?

새 프로젝트 시작

chat.openai.com의 시작 화면에서 페이지의 맨 아래에 프롬프트 바가 보일 것이다. 여기서 새로운 프로젝트를 시작할 수 있다. 프롬프트를 입력하면 새 화면이 나타나며 응답을 생성하고, 그 응답에는 모델이 생각할 때 적절하다고 생각하는 제목이 붙어서 왼쪽의 검은색 바에 나타난다. 이 구역에 모든 프로젝트가 나열된다. 프로젝트 제목은 사용자가 원한다면 왼편 검은색 바에 있는 프로젝트를 클릭해서 언제든지 바꿀 수 있다. 대화를 시작해도 검은색 바에 있는 프로젝트를 클릭하면 다시 돌아갈 수 있다. 각 프로젝트는 대화의 끝에 프롬프트 입력창이 있어서 그 특정한 프로젝트에 관해서 대화를 계속할 수 있다. 이렇게 해당 프로젝트에 관계된 모든 것들이 한 스레드에 엮이므로 챗GPT가 스레드 내에 있는 모든 것을 기억할 수 있고 그 화면에서 프롬프트가 더 이어지더라도 늘 참조할 수 있다.

예를 들어, 내 차기작인 《다키스트 오브 워터스Darkest of Waters》에서 교령회가 열리는 장면이 있었다. 챗GPT에게 이 장면을 쓰는 걸 도와달라고 했더니 그 자리에 누가 있는지 말해 주지 않았는데도 이미 내가 전에 말했던 모든 인물을 알고 그 자리에 있을 법한 몇 명을 포함하여 대답했다. 경이롭지 않은가! 하지만 명심해야 할 건 챗GPT가 전에 나눴던 이야기를 금세 잊고 가장 최근의 텍스트에 기반하여 예측한다는 점이다.

새 프로젝트를 시작하고 싶다면 화면 왼편의 'New Chat(새로운 채팅)' 박스를 클릭해서 같은 과정을 반복하거나 홈페이지에서 다시 시작하면 된다.

자주 묻는 질문

과정에 대한 몇 가지 생각

글쓰기 과정은 저마다 다르다. 나는 수년간의 경험으로 글을 쓰는 과정이 온전히 개인 고유의 영역이며, 끊임없이 끄적거려야만 생산성의 영역에 도달할 수 있다는 것을 알게 됐다. 만약 자신의 글쓰기 과정을 전부 이해했다 하더라도 AI 기술을 그 과정에 통합시키려면, 나의 글쓰기 과정을 어떻게 확장하고 바꾸어 이 강력하고 새로운 도구와 통합할 것인지를 알아내는 조정 기간이 필요하다. 작가 개개인은 자신에게 맞는 AI 언어 모델을 활용하여 글을 쓰는 과정을 개발해야 할 것이다. 이 책에 나오는 제안과 정보들은 결코 모든 접근법에 꼭 맞는 것이 아니며, 그저

'나'는 AI의 도움을 받아 어떻게 글을 쓰는지 확장된 예시를 보여 줄 뿐이다.

소설을 쓰는 나만의 과정은 대체로 다음과 같이 흘러간다.

1. 아주 불명확한 아이디어를 떠올린다.

2. 그 아이디어와 개요 공식을 활용해서 프롬프트를 만들고 전반적인 기본 개요를 구축한다.

3. 개요를 활용해 초기 주제를 떠올리고 그 주제를 어떻게 활용할지 생각한다.

4. 개요를 활용해 인물을 생성하고 세계관을 구축한다.

5. 챗GPT, 그리고 전통적인 방법들을 활용해 필요한 조사를 한다.

6. 개요를 통해 절 단위로 작업을 시작하고, 내가 만족할 때까지 몇 번이고 세부 사항들을 만들어 낸다.

7. 챗GPT의 도움을 받아 각 절의 초안을 작성한다.

8. 작은 덩어리 단위로 편집하고 다양한 결과물을 만든다.

9. 책에 대한 광고 및 마케팅 문구 등을 쓴다.

10. **프로젝트를 마무리하고 책을 한데 엮어 출판한다.**

이상은 내가 책을 엮는 기본적인 흐름이다. 프로젝트나 내 필요에 따라 과정이 달라지기도 하고, 무언가 바꿔야 하거나 하나의 절을 더 심도 있게 이해하고 싶을 때는 자주 되돌아간다. 그러나 일반적으로 위와 같은 과정을 통해 원하는 결과를 가장 효율적으로 얻는다.

새로운 도구를 내 과정에 끼워 넣는 게 불만스러울 수 있다. 나 역시 어느 정도 성장통을 겪었다. 하지만 본인에게 맞는 것을 찾을 때까지 이리저리 시도해 봐야 한다. 일단 한번 궤도에 오르면 글쓰기 과정에 획기적인 변화를 겪을 것이다.

어려운 점, 한계, 문제 분석 및 해결

여느 도구나 기술과 마찬가지로 챗GPT 역시 어려운 점, 한계, 그리고 문제점을 지니고 있다. 내 기술적 지식이나 경험이 그리 풍부하지 않기 때문에 많은 예시를 들 수는 없겠지만, 아래에 개인적으로 챗GPT를 사용하면서 겪었던 문제들과 그것을 해결한 방법들을 몇 가지 제시해 보았다.

웹사이트가 응답하지 않을 때: 이 문제는 다양한 이유로 발생할 수 있지만, 대체로 웹사이트를 열고 특정 시간 내에 작업을 수행하지 않아서 발생하는 경우가 많았고, 새로고침을 하거나 다시 로그인하면 해결되었다. 따라서 챗GPT를 사용하다가 박스를 클릭하거나 프롬프트를 입력할 수 없게 되었을 때 화면을 새로고침하거나 완전히 껐다가 다시 켠다.

전부 사라졌을 때: chat.openai.com에 로그인했더니 왼편 검은 바의 프로젝트가 전부 사라져 곤혹스럽다면, 너무 걱정할 필요는 없다. 전부 없어지는 건 흔한 일이 아니다. 나한테도 똑같은 일이 벌어졌는데, 정말 아찔한 순간이었다. 첫째로, 여러분의 프로젝트를 인터넷이 아닌 곳에 그대로 복사해 두어

심신의 안정을 찾기 바란다. 둘째로, 프로젝트는 사라졌다가도 몇 시간이나 며칠 후면 다시 나타날 때가 많다. 누누이 말하지만, 난 기술적 지식이 부족해서 왜 이런 현상이 나타나는지는 설명할 수는 없다. 단지 그런 일이 일어났을 때 몇 시간이나 며칠 후에 내 프로젝트가 다시 나타났을 뿐이다.

반복될 때:

나: 열세 살짜리 소녀에게 줄 생일 카드 문구를 만들 건데, 고양이를 재미있는 방식으로 언급해 줘.

GPT-3: '생일 축하한다옹!' / '행복이 냥냥한 생일 보내!' / '넌 나이를 먹는 게 아니라, 더 고양이답게 변할 뿐이야. 사납고, 사랑스럽게!' / '오늘은 특별한 날이니까 고양이처럼 파티를 열자! 온종일 잠 파티!' / '생일 축하해! 넌 다른 고양이들처럼 아주 소중한 존재야.' / '올해도 고양이 잠옷처럼 기쁜 존재가 돼 줘서 고마워!' / '고양이의 털처럼 유니콘의 뿔처럼 넌 최고로 멋져! 생일 축하해!' / '고양이 수염처럼 마음이 간질간질, 행복한 생일 보내!' / '한 살 더 먹었지만 고양이처럼 여전히 호기심이 많은 너. 생일 축하해!' / '생일 축하해! 넌 개냥이처럼 사랑스러운 존재야.'

나: 제리 사인펠트Jerry Seinfeld (미국의 원로 배우이자 희극인 - 옮긴이)가 쓴 것처럼 열세 살짜리 소녀에게 줄 생일 카드 문구를 만들 건데, 고양이를 재미있는 방식으로 언급해 줘.

GPT-3: '생일 축하한다옹! 이제 나만큼 프로답게 야옹거릴 수 있는지 볼까?' / '넌 그냥 나이를 먹는 게 아니라 더 고양이답게 변할 뿐이야. 재미난 걸 늘 새로 발견해 봐!' / '행복이 냥냥한 생일 보내! 대신 누가 나이를 물으면 고양이처럼 살금살금 피해 다니고.' / '넌 다른 고양이들처럼 아주 소중한 존재고, 나만의 유일한 주인공이야.' / '올해도 고양이 잠옷처럼 기쁨과 웃음을 주는 존재가 돼 줘서 고마워!' / '고양이의 털처럼 유니콘의 뿔처럼 넌 최고로 멋져! 혹시 고양이 털 알레르기가 생긴 건 아니지?' / '고양이 수염처럼 마음이 간질간질, 행복한 생일 보내! 이제 나만큼 수염을 잘 기를 수 있나 볼까?' / '한 살 더 먹었지만 고양이처럼 여전히 호기심이 많은 너. 나처럼 늘 새로운 농담을 찾아다녀 봐!' / '생일 축하해, 넌 개냥이처럼 사랑스러운 존재야. 정말이란다!'

위의 대화에서 알 수 있듯이 챗GPT가 비슷한 답변을 반복하는 문제가 발생할 수 있다(혹시나 의심하고 있다면, 맞다. 난 챗GPT를 활용해서 조카에게 재미난 생일 카드를 쓰려고 했다). 반복적인 답변은 기사나 수필을 쓸 때 특히 두드러진다. 도입부에 무언가 쓰고, 몇 문단을 쓰다가 요약부에서 또다시 같은 내용을 반복하기 때문이다. 이 문제에 관해서는 인간이 답변을 스스로 뜯어고치든지, 더 나은 답변을 얻기 위해 구체적인 정보를 제공하며 프롬프트를 새롭게 입력하는 방법 말고는 이렇다 할 해결책이 없다. 꼭 나중에는 챗GPT가 이런 문제점을 해결했으면 싶지만, 지금으로서는 반복되는 내용이 없는지 주의해야 한다.

GPT-4를 위한 업데이트: GPT-4에서 반복적인 답변이 확실히 줄어들었다고 느꼈다. 답변이 훨씬 깊이 있고 완전했으며, 덜 반복적이었다. 하지만 GPT는 사람들의 결과물을 기반으로 훈련하는 모델이 아닌가. 솔직해지자. 사람들의 결과물도 반복되는 것투성이다. 예를 들어, 날 자주 짜증스럽게 하는 상황 중 하나는 챗GPT가 '이제 한층 더 발전시켜 보자'라고 수도 없이 말한다는 점이었다. 정말 미쳐버릴 것 같았다. 하지만 사람들이 TV, 인터넷, 책에서 얼마나 많이 비슷하게 말하는지 이내 보이고 들리기 시작했다. 챗GPT는 우리가 원하는 답을 주려고 최선을 다하고 있으니 아량을 좀 베풀어야 하지 않을까 싶다. 우리는 대체로 '한층 더 발전시키고' 싶은 게 사실이니까 말이다.

가르치려고 할 때: 내가 제일 거슬리는 것 중 하나가 미묘하게 또는 대놓고 챗GPT가 나를 가르칠 때이다. 자주 있는 일은 아니지만, 제작자에게 일정한 방향의 훈련을 받은 것이 분명하며 이는 전반적으로 훌륭하나 신경을 건드릴 때도 있다. 그런 경우에는 무시하는 것도 물론 방법이지만, 가끔은 무슨 수를 쓰더라도 접근할 수 없는 주제도 있다. 그러므로 AI나 개발자가 논의를 꺼리는 주제를 만났을 때는 인공 지능 외의 고전적인 방법을 활용해 글을 쓸 준비가 돼 있어야 한다.

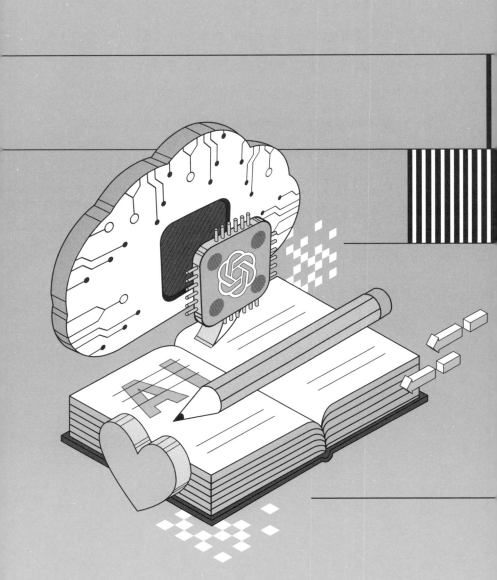

02

이야기 구상 및 개요

자유로운 형태의 개요

나 소설의 개요를 개선하기 위해 챗GPT를 어떻게 활용할 수 있을까?

GPT-3 챗GPT 모델을 활용해서 소설의 개요를 개선하려면 챗GPT에게 플롯, 인물, 설정에 관한 아이디어 및 제안을 생성하도록 하면 됩니다. 그러려면 모델에게 프롬프트를 제공하여 그 프롬프트에 기반한 텍스트를 생성하게 해야 합니다. 예를 들어, 이야기의 설정에 대해 짧게 설명해 주면서 모델에게 그 설정에 맞는 인물과 구성점plot point 을 제안해 달라고 요청하는 것입니다.

챗GPT는 언어 모델이며 스스로 완전한 이야기를 쓰기 위해 고안된 모델이 아니라는 사실을 명심해야 합니다. 그 대신 아이디어와 제안을 생성해 주므로 당신 소설의 개요를 발전시키는 데 활용할 수 있습니다.

다음은 소설 개요를 개선하기 위한 챗GPT 활용법의 일례입니다.

1. 모델에게 당신의 이야기 속 설정을 간단히 설명해 주는 것으로 시작합니다. 예를 들어, '이 이야기는 교외의 작은 마을에서 벌어지는 설정이야'라고 말할 수 있습니다.

2. 모델에게 그 설정에 잘 맞는 인물에 관하여 아이디어를 생성하도록 요청합니다. 이런 식으로 말하면 됩니다. '교외의 작은 마을에 살 법한 인물에 대해 제안해 줄래?'

3. 모델이 생성한 아이디어를 검토하고 일정 부분 당신의 개요에 통합하는 것을 고려합니다. 모델이 제안한 것을 활용해 더 완성도 있는 인물을 만들 수도 있고, 새로운 구성점에 대한 영감으로 활용할 수도 있습니다.

4. 플롯, 주제, 설정 등 이야기의 다른 구성 요소에 대해 이 과정을 반복하면서 그 특정한 요소를 염두에 둔 프롬프트를 활용합니다.

제 답변이 도움이 되었으면 좋겠습니다! 다른 질문이 있으면 또 말씀해 주세요.

나는 이 대화를 통해 챗GPT가 소설 쓰기에 지니고 있는 강력한 잠재력을 비로소 진심으로 이해하기 시작했다. 방대한 양의 데이터를 기반으로 훈련을 받기 때문에 챗GPT는 잘 알려진 다양한 공식을 활용해 개요를 짜거나 무無에서 시작해 아예 새로운 이야기를 만드는 데에도 놀라운 능력을 보인다. 새롭고 독창적인 줄거리, 반전, 장르와 수사修辭, 특정한 장면과 비트beat (한 장면을 구성하는 가장 작은 단위-옮긴이), 그리고 이야기 호(story arc, 이야기의 변화 흐름을 일컫는 용어-옮긴이)를 제안하는 능력 또한 뛰어나다.

내 글쓰기 과정은 보통 전체 프로젝트의 개요를 잡는 것부터 시작하는데, 특히 지금은 챗GPT를 쓰고 있기 때문에 더욱 그렇다. 챗GPT와 내가 방향성을 유지하며 헤매지 않을 수 있는 건 개요 덕분이라고 생각한다. 개요를 잡는 데에는 두 가지 기초적인 방법이 있다. 자유로운 형식을 취하거나 또는 영웅의 여정hero's journey 이라든지 3막 구조three-act structure 처럼 잘 알려진 공식을 사용하는 것이다. 각각에 대한 더 자세한 이야기는 아래에서 다루겠지만, 두 가지를 모두 시험해 보고 특정한 상황에 어떤 공식이 더 잘 맞는지 확인하기를 추천한다.

챗GPT를 활용해 개요를 짜는 또 다른 방법은 장, 장면, 비트 등 작은 덩어리로 쪼개는 것이다. 심지어 더 구체적으로 반전이라든지, 주제를 보여 주는 장면 선택지를 만들기 위해서도 챗GPT를 활용할 수 있다. 전체 프로젝트 개요를 자유로운 형태로 짜는 것과 과정은 똑같지만 더 세부적으로 파고든다는 점이 다르다. 나는 하나의 프로젝트를 위한 사전 집필 작업, 즉 개요 짜기, 인물 생성, 세계관 구축 등을 전부 끝낸 뒤에 이 과정을 거치는 것을 좋아한다. 챗GPT는 인간 작가와 매우 유사해서 자신이 다룰 작업의 배경 등을 충분히 알고 있을 때 더 훌륭한 결과물을 이끌어내기 때문이다. 전체 프로젝트 개요를 쪼갠 뒤에 첫 요소부터 시작할 것인데, 그러고 나서 챗GPT에게 특정한 장면이나 절을 위한 아주 구체적인 한정 요소를 지킨 개요를 만들어 달라고 요청하면 된다. 잘게 쪼갤수록 더 자세한 결과를 얻을 수 있으므로 결국 비트 단위로 손쉽게 초안을 짤 수 있는 수준에 도달한다.

특정한 공식 없이 전체 프로젝트의 개요를 짜려고 한다면, 내가 이전에 언급했듯이 일단 중요한 것들만 정한 뒤 범위를 좁혀 가며 개요를 완성하기를 추천한다. 자유로운 형태로 개요를 짜는 다른 방법도 있지만, 공식이나 양식 없이 무언가 만들어 내고 싶을 때 난 이 방법이 가장 효율적이었다. 제임스 패터슨James Patterson은 본인의 마스터 클래스에서 자신이 개요를 짜는 방법에 대해 자세하게 이야기했는데, 나도 여기서 영감을 받은 듯하다. 제임스 패터슨은 아주 기본적인 밑그림으로 시작해 각각의 절을 더 자세하게 구축해 나가며 거의 행동 단위로 개요를 짤 수 있을 때까지 과정을 계속한다. 다음은 이 과정의 예시이다.

나 3막 구조로 로맨스 소설의 기본 개요를 만들어 주되, 이 설정을 지켜 줘. '운이 다한 유명 셰프가 자기 고향으로 돌아가는데, 자신과 절친했던 수의사 친구의 여동생과 사랑에 빠진다. 그 여동생은 결혼식장에서 버림받았던 아픔이 있다.'

GPT-3 그럼요, 3막 구조로 로맨스 소설에 대한 기본 개요를 만들어 보겠습니다.

1막: 도입

운이 다한 유명 셰프, 맥스는 고향으로 돌아간다.

자신의 어릴 적 친구이자 수의사, 서맨사와 재회한다.

맥스의 바람둥이라는 오명 때문에 맥스와 서맨사의 관계가 처음에는 껄끄럽다.

맥스는 서맨사의 여동생인 릴리와 사랑에 빠지는데, 릴리는 결혼식장에서 버림받은 과거가 있다.

2막: 갈등

맥스가 릴리에 대한 감정으로 마음을 끓이는 한편, 고향에서 셰프로서 새롭게 지게 된 책임들 사이에서 균형을 잡고자 한다.

맥스는 바람둥이라는 자신의 오명을 극복하고 릴리에게 자신이 변화되었다는 것을 증명해야 한다.

릴리는 과거의 상처 때문에 맥스를 쉽게 믿지 못하지만, 다시 사랑하기 위해 마음을 열어야 한다.

3막: 해결

맥스와 릴리는 마침내 서로를 향한 감정을 고백하고 앞을 가로막는 장애물을 극복한다.

맥스가 셰프로서 다시 발돋움하여 명성을 회복한다.

맥스와 릴리가 함께 미래를 약속하고 서맨사가 둘의 관계를 지지한다.

공식과 양식 활용

어느 정도 글을 써 본 작가라면 글쓰기 공식들에 대해 알고 있다. 고전 공식으로는 3막 구조와 영웅의 여정이 있고, 세이브 더 캣Save the Cat(시나리오 쓰기에 관한 작법서 제목, 지금은 할리우드 영화들의 전형적인 시나리오 구조를 언급할 때 쓰인다.–옮긴이)처럼 할리우드 작품에서 파생된 공식들이 있다. 이외에도 장르 특수적인 공식과 펄프픽션 공식이 존재하며, 내가 듣도 보도 못한 공식도 존재할 것이다. 이러한 공식들은 새로운 개요나 프로젝트를 만들 때 사용되곤 한다.

프롬프트에 공식이나 양식을 사용하여 이야기의 개요를 작성하려고 할 때 가장 좋은 방법은, 개략적인 구상을 설명하고 '다음의 공식을 활용'하라는 한정 요소를 붙여 개요를 만들도록 요청하는 것이다. 그러고 나서 채팅 공간에 공식 전체를 복사하여 붙여 넣으면 된다. 챗GPT가 소화하기 어렵지 않을까 싶겠지만, 정말로 통하는 방법이다. 다음 절에서 내가 레스터 덴트Lester Dent의 펄프픽션 공식을 활용하여 전체 개요를 생성하는 것을 보여 줄 것이다.

선택지의 한계는 오직 내 상상력만큼이다. 프롬프트와 양식들을 자유롭게 활용하면 얼마나 독특하고 흥미로운 결과물을 얻을 수 있는지 확인해 보기 바란다. 더 구체적이고 깊이 파고들수록 얻을 수 있는 대답의 질도 높아진다. 원하는 답을 얻지 못하고 있다면, 양식을 절 단위로 쪼개 보자. 아니면 채팅 박스 위의 '답변 재생성' 버튼을 눌러서 답변을 다시 구성하는 것도 방법이다.

내가 위에서 말한 것처럼 활용할 수 있는 글쓰기 공식의 가짓수는 정말 끝도 없다. 목표로 하는 장르와 글의 길이에 따라 다르겠지만, 찾고자 한다면 인터넷에서 거의 어떤 공식이든 찾을 수 있다. 아래의 아주 짧은 목록은, 챗GPT와 궁합이 잘 맞는다고 느꼈던 내가 선호하는 공식과 양식들이다.

로맨싱 더 비트[Romancing the Beat]

12장 미스터리 양식[12 Chapter Mystery Format]

세이브 더 캣[Save the Cat]

레스터 덴트 펄프픽션 공식[Lester Dent Pulp Formula]

기초 3막 공식[Basic Three Act Formula]

나이절 와츠의 8단계 호[Nigel Watts's Eight Point Arc]

눈송이 기법[The Snowflake Method]

댄 웰스의 7단계 플롯 공식[Dan Wells' Seven Point Plot Formula]

영웅의 여정[The Hero's Journey]

댄 하먼의 이야기 원[Dan Harmon's Story Circle]

2부 4막 미스터리 공식[Two Body Four Act Mystery Formula]

데버라 체스터의 판타지 소설 공식[Deborah Chester's Fantasy Fiction Formula]

더 많은 공식과 비트 시트beat sheet (개요서의 일종-옮긴이)를 찾고 싶다면 가장 먼저 눈여겨볼 만한 곳이 제이미 골드의 웹사이트(jamigold.com)이다. 제이미 골드는 비트와 공식을 활용하는 방법에 관하여 방대한 양의 양식과 정보를 창조해 냈고, 나는 그 사이트에서 수년간 엄청난 도움을 받았다.

시험 사례: 레스터 덴트 펄프픽션 공식

레스터 덴트 펄프픽션 공식은 레스터 덴트에 의해 대중화된 글쓰기 기술이다. 레스터는 1930년대부터 1940년대까지 '펄프 지로 만든' 싸구려 잡지에 글을 기고하던 작가이다. 이 공식은 전개가 빠르고 액션으로 가득한 단편 소설의 구조와 체계를 잡아 주는데, 대체로 그러한 소설은 모험, 판타지, 미스터리 장르인 경우가 많다. 이 공식은 목표를 지닌 주인공, 반드시 극복해야 하는 장애물, 이야기의 전환점, 주인공이 성공하거나 실패하는 절정의 순간 같은 핵심 요소들의 묶음으로 구성되어 있다.

펄프픽션 공식은 작가들이 제한된 시간 안에 마무리할 수 있는, 설득력 있고 잘 짜인 이야기를 쓰도록 도와준다. 펄프픽션 양식의 단편 소설을 쓸 때 좋은 방법이지만, 장편 소설을 창작하는 데까지도 확장할 수 있다. 나는 짧은 이야기를 쓰기 위해 이 양식을 직접 활용했고 챗GPT가 생각해 낸 개요가 정말 흥미롭다고 느꼈다. 이제 막 글을 쓰기 시작한 작가가 연습하고 싶을 때 이 양식을 쓰는 것을 특히 추천하는데, 아주 간단하며 이야기를 구축하는 기초를 배우기 좋은 방법이다. 레스터 덴트 공식에 대한 글은 내 웹사이트의 리소스 페이지에서 찾을 수 있다. 다음의 예는 내가 최근에 챗GPT와 나눈 대화이다.

나 광야에서 용들에게 가족을 잃고 슬퍼하는 카우보이가 그 광야를 건너려는 여행자 무리를 도와주는 단편 소설의 개요를 다음의 양식을 활용해서 만들어 줄래? — 여기에 양식을 입력(양식은 웹에서 무료로 활용하거나 내 웹사이트에서 찾을 수 있다.)

GPT-3 '슬픈 카우보이와 용의 광야'에 대한 개요

1. 첫 5,000자(한글 기준, 원문은 1,500 words-옮긴이)

슬픈 카우보이를 소개한다. 그는 용에게 가족을 잃고 이 이야기의 영웅으로 활약한다. 상실의 슬픔에 잠겨 힘겨운 나날을 보내고 있음을 보여 준다.

한 여행자 무리가 카우보이에게 와서 용의 광야를 건너는 것을 안내해 달라고 부탁한다. 카우보이는 동의하지만, 그건 자신의 가족을 기리기 위해서일 뿐이다.

여행자들과 그들이 광야를 건너려는 이유를 소개한다.

용의 습격과 함께 여정이 시작된다. 카우보이는 용에 맞서 싸우지만 부상을 입는다.

이들 무리는 그 용이 모든 용을 조종할 수 있는 마법의 물건을 찾고 있다는 사실을 밝혀낸다. 여행자 무리도 바로 그 물건을 쫓고 있다.

반전: 카우보이는 자신의 가족이 용에게 죽을 때 그 물건을 갖고 있었고, 그것을 용의 수중에 떨어트렸을 수 있다는 사실을 알게 된다.

2. 두 번째 5,000자

카우보이와 여행자들은 여정을 계속하면서 용의 공격을 몇 번 더 받는다. 카우보이는 상실의 슬픔과 여행자들을 보호해야 하는 자신의 임무 사이에서 괴로워한다.

이들 무리는 용을 타는 자들에게 습격을 당하고 무력 충돌이 일어난다. 카우보이가 그들과 맞서 싸우지만 여행자들이 포로로 잡힌다.

반전: 카우보이는 예전에 자신의 가족을 배신하고 마법의 물건을 탐내던 옛 스승이 용을 타는 자들을 이끌고 있다는 사실을 알아낸다.
여행자들을 구출하고 스승이 물건을 차지하지 못하도록 막기 위해 카우보이가 나선다.

3. 세 번째 5,000자
카우보이가 구출 임무 중에 무수한 장애물을 맞닥뜨리며 부상이 악화된다.
카우보이가 여행자들을 구하기 위해 용을 타는 자들의 캠프에 잠입하고 무력 충돌이 벌어진다. 수적으로 열세인 상황에서 카우보이는 싸움에서 밀린다.

반전: 여행자들이 사실 자신들에게 그 물건이 있으며 그것으로 용을 파멸시키는 게 아니라 조종하려는 계획을 갖고 있다고 말한다. 카우보이는 여행자들이 계획을 실행하게 둘지, 아

니면 그들을 저지해 용들을 지킬지 고민에 빠진다.

카우보이는 딜레마에 맞닥뜨리고 어려운 결정을 내려야 한다.

4. 마지막 5,000자

카우보이, 여행자들, 그리고 스승이 물건을 두고 최후의 결전을 벌이기 위해 모인다.

카우보이는 마음속 슬픔과 장애물을 극복한 뒤 여행자들을 구하고 스승이 물건을 이용해 용을 지배하는 것을 막아야 한다.

카우보이의 행동으로 광야와 그곳에 사는 용들의 운명이 결정된다.

카우보이가 대의를 위해 이타적인 희생을 결정하는 놀라운 반전으로 이야기를 마무리한다.

긴장감: 있다, 이야기의 전반에 걸쳐 지속된다.

위협: 있다, 용들의 위협과 그런 용들을 지배하려는 스승의 계획 때문이다.

논리: 있다, 이야기의 각 부분이 이전 부분과 논리적으로 연결된다.

주제

시작 단계에서 챗GPT를 유용하게 쓰는 또 다른 방법은 주제의 선택지를 만드는 것이다. 내가 아래에서 한 것처럼 아주 일반적인 방법으로 접근해 AI가 내놓은 답변을 볼 수도 있고, 챗GPT를 다루는 데 능숙하다면 한정 요소를 포함할 수도 있다.

나 이 소설의 주제를 다섯 가지만 만들어 줄래?

GPT-3 가족의 힘과 서로를 하나로 묶는 연대감 / 욕망의 위험과 부패한 힘이 불러온 영향력 / 진정한 정체성을 발견하고 그것을 포용하기 위한 노력 / 누군가를 변화시키고 장애물을 극복하게 주제란 이야기를 관통하는 중심 생각이나 메시지를 가리키므로 개요와 인물 생성이 어느 정도 끝난 뒤에 정하는 게 이상적이라고 생각하지만, 사실 주제를 어느 단계에서 수립하든 흥미로운 결과를 얻을 수 있다.

당연히 주제를 아예 정하지 않아도 된다. 하지만 나는 잘 조직된 주제가 이야기에 깊이를 더하고 의미를 부여하여 마음에 오래 남는 이야기를 만들어 준다고 생각한다. 게다가 독자들이 이야기와 인물에 정서적인 수준에서 몰입할수록 더 잘 공감하고 개인의 경험과 결부하여 이야기를 받아들일 수 있으므로 나는 주제를 세우는 걸 좋아한다.

이야기 속에서 주제는, 미묘한 암시나 서브텍스트subtext 부터 더 명시적인 진술까지 다양한 방식으로 탐구된다. 따라서 글쓰기 과정 중에 주제를 가지고 많은 실험을 거치기를 추천하고 싶다. 주제는 이야기가 진행되는 동안 바뀌거나 발전될 수도 있다. 인물과 인물의 경험이 바뀌는 것에 따라 아이디어를 재탐색해 나가면, 이야기의 가능성을 따져 보는 데 도움이 될 때가 많다.

주제를 한 단계 더 발전시키면, 어떤 주제를 선택했든지 그 주제를 활용해 구체적인 장면 아이디어, 또는 비트 자체를 떠올릴 수도 있다. 예를 들어, '주제 (   )를 보여 주는 장면의 개요를 만들어 줘'라고 말할 수 있을 것이다.

🤖 **추천 프롬프트**

소설의 주제를 반영하는 인물 내면의 갈등을 묘사해 줘.
Describe a character's internal struggle that reflects the theme of the novel.

인물의 행동으로 소설의 주제가 드러나는 장면을 써 줘.
Write a scene in which the theme of the novel is revealed through the characters' actions.

소설의 주제를 나타내는 은유나 상징을 만들어 줘.
Develop a metaphor or symbol that represents the theme of the novel.

소설의 주제를 탐구하는 독백을 써 줘.
Write a monologue that explores the theme of the novel.

주제를 드러내 보이는 중추적인 순간을 묘사해 줘.
Describe a pivotal moment in the novel that showcases the theme.

소설의 주제와 맞닿는 두 인물 간의 대화를 써 줘.
Write a conversation between characters that touches on the theme of the novel.

소설의 주제를 구체화하는 설정을 만들어 줘.
Develop a setting that embodies the theme of the novel.

소설의 주제와 통하는 인물의 개인적 성장에 대해 묘사해 줘.
Write a description of a character's personal growth that aligns with the theme of the novel.

소설의 주제를 강조할 깨달음의 순간을 써 줘.
Write a moment of realization for a character that highlights the theme of the novel.

소설의 주제를 깊이 있게 탐구하는 서브플롯을 만들어 줘.
Create a subplot that further explores the theme of the novel.

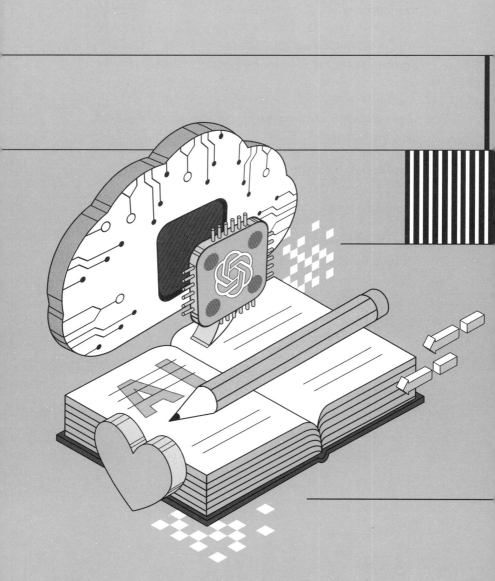

03

인물 생성

기본적인 개요를 발전시키고 나면, 나는 기쁜 마음으로 인물의 생성 단계로 넘어간다. 인물 없이는 이야기도 존재할 수 없으므로 글쓰기 과정 중 이 단계는 아무리 강조해도 지나치지 않을 만큼 중요하다. 나는 사실 이 단계를 별로 좋아하지 않았다. 인물 시트나 배경이 되는 이야기를 쓰는 걸 정말 싫어하고, 내가 만족하는 이름을 떠올리기까지 몇 주 이상이 걸릴 때가 빈번했다.

챗GPT에 접속해서 인물들의 현실적인 이름을 창조해 내는 단계를 이제는 몹시 반긴다. 챗GPT를 활용하여 아주 많은 아이디어를 빠르게 거른 다음 선택지와 목록을 완성하고, 인물의 배경이 되는 이야기나 특성을 생각해 내고, 심지어는 인물이 지닌 비밀과 거짓까지 만들 수 있다. 게다가 그 과정이 매우 빨라서 주요 인물들에게만 한정되지 않고 단역 수준의 인물까지 구체화할 수 있으므로 이야기가 더욱 강화된다. 다음은 내가 챗GPT를 써서 인물을 생성해 내는 몇 가지 방법들이다.

나 19세기 보헤미아에서 유행했던 여자 이름을 알려 줄래?

GPT-3 그럼요, 19세기 보헤미아에서 유행했던 여자 이름의 목록입니다.

마리에[Marie]

안나[Anna]

바르바라[Barbara]

요세나[Josefina]

프란티슈카[Františka]

요하나[Johana]

테레지에[Terezie]

로잘리에[Rozalie]

아말리에[Amalie]

크리스티나[Kristina]

즈덴카[Zdeňka]

보제나[Božena]

알비나[Albína]

에밀리에[Emílie]

루제나[Růžena]

빅토리에[Viktorie]

오틸리에[Otilie]

루드밀라[Ludmila]

나데주다[Naděžda]

이 목록에 포함되지 않는 이름이 있을 수 있으며 이름의 대중성은 19세기 보헤미아의 지역이나 인물의 사회 계급에 따라 상이할 수 있습니다.

소설에서 인물의 이름은 크게 중요하지 않다는 사람도 있지만, 나는 내 인물에게 적합한 이름을 부여하는 걸 언제나 중요하게 생각했기 때문에 이름을 만들 때 철저한 조사와 밀도 높은 고민을 거쳤다. 그래서 챗GPT를 활용해 인물들의 이름을 만들기 시작했을 때 기대가 정말 컸다. 챗GPT가 훈련받은 막대한 양의 데이터는 인물들에게 적합한 이름이 무엇인지 판단해 주기 때문이다. 날 믿지 못하겠다면 아래의 몇 가지 프롬프트를 시도해 보자.

 추천 프롬프트

특정한 주제에 영감을 받은 이름을 묻자.
예: 자연에서 영감을 받은 인물 이름을 알려 줘.
e.g. "Give me names for a character inspired by nature"

특정한 문화와 민족에 걸맞은 이름을 요청하자.
예: 스코틀랜드 출신의 인물에게 맞는 강렬한 이름이 필요해.
e.g. "I need a strong name for a Scottish character"

특정한 시기에 근거한 이름을 요청하자.
예: 르네상스 시대에 유행했을 법한 이름을 가르쳐 줘.
e.g. "Provide me with names that would have been popular in the Renaissance"

특정한 감정을 환기해 주는 이름을 묻자.
예: 미스터리한 분위기를 풍기는 인물의 이름을 알려 줘.
e.g. "Give me names for a character that evoke mystery"

신체적인 특성에 근거한 이름을 요청하자.

예: 키가 크고 눈에 띄는 인물의 이름이 필요해.

e.g. "I need a name for a tall, imposing character"

흔치 않고 독특한 이름을 묻자.

예: 자주 쓰이지 않는 이름을 가르쳐 줘.

e.g. "Provide me with names that are not often used"

특정한 문자나 소리에 근거한 이름을 요청하자.

예: S로 시작하는 이름이 필요해.

e.g. "I need names that start with the letter 'S'"

특정한 단어나 구문에 영감을 받은 이름을 묻자.

예: '불'에 영감을 받은 이름을 가르쳐 줘.

e.g. "Provide me with names inspired by the word 'fire'"

특정한 직업이나 흥미에 근거한 이름을 요청하자.

예: 과학자인 인물에게 지어 줄 이름이 필요해.

e.g. "I need names for characters who are scientists"

특정한 장소나 지리적 특성에 영감을 받은 이름을 묻자.

예: 사막에 영감을 받은 이름을 가르쳐 줘.

e.g. "Provide me with names inspired by the desert"

특성

나 이 책에 등장할 복잡하고 예측할 수 없는 인물을 묘사해 줘.

GPT-3 이 책에 등장할 복잡하고 예측할 수 없는 인물은 릴리입니다. 서맨사의 여동생으로 결혼식장에서 버림받은 아픔이 있습니다. 릴리는 다음과 같은 특성을 보일 수 있습니다.

상반된 감정: 릴리는 맥스에 대한 자신의 감정과 과거에 대한 두려움 사이에서 갈등합니다. 다시 사랑할 준비가 됐는지 확신이 서지 않지만, 그와 동시에 맥스에게 강한 끌림을 느낍니다. 이러한 내면의 갈등은 릴리의 행동을 예측 불가능하고 짐작하기 힘들게 만듭니다.

독립적임: 과거의 아픔에도 불구하고, 릴리는 자립하는 법을 아는 강인하고 독립적인 여성입니다. 맥스나 다른 누군가에게 감정적인 지지를 바라거나 기대지 않으려 합니다. 그러므로 릴리의 행동이 거리를 두거나 무심해 보일 때가 있습니다.

즉흥적임: 릴리는 즉흥적이고 모험적인 성격을 지녀서 다른 사람이 볼 때 혼란스럽거나 변덕스러운 결정을 충동적으로 내리기도 합니다. 이는 릴리의 성격에 예측 불능성을 더합니다.

감정적임: 독립적인 면모가 있지만, 릴리는 몹시 감정적이고 감정을 투명하게 드러내는 경향이 있습니다. 열정적이고 자기 표현적이지만, 동시에 비판과 거절에 아주 민감합니다.

이러한 특성은 결혼식에서 버려졌다는 사실과 결합해 릴리를 복잡하고 예측 불가능한 인물로 만들고, 독자들은 릴리 덕분에 이야기에 몰입해 그다음 전개를 궁금해할 것입니다.

챗GPT를 인물 묘사나 직업, 성격적 특성, 관계, 동기 같은 인물 정보를 생성하는 데 활용할 수 있다. 챗GPT에게 '복잡하고 예상할 수 없는 주요 인물을 묘사해 줘'라는 프롬프트를 던지면, 위에서 보았듯이 이야기의 시작점으로 쓸 수 있는 인물 묘사를 생성해 줄 것이다.

인물 생성에 챗GPT를 활용할 수 있는 또 다른 방법은 인물의 과거 경험이 현재의 동기와 행위에 어떤 영향을 주었을지 제안하도록 하는 것이다. 예를 들어, 한 인물이 복수에 대한 욕망으로 움직인다면, 어떤 유형의 사건이나 상황 때문에 그 인물이 복수를 꿈꾸게 되었는지, 그 욕망이 인물의 행위와 의사 결정에서 어떻게 드러날 수 있는지 연구하는 데 챗GPT가 도움을 줄 것이다.

당신의 특정한 프로젝트에 맞는 방법이 무엇이든지, 당신은 원하는 대로 얼마든지 철저해지거나 또는 광범위해질 수 있다. 그러나 구체적일수록 더 나은 답변을 얻어 낼 수 있다는 것을 명심하자.

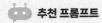

인생을 완전히 뒤바꿔 줄 복권에 당첨됐다는 사실을 막 알게 된 주요 인물에게 어울릴 만한 직업을 열 가지만 소개해 줄래?
Can you create a list of ten possible occupations for a main character who has just discovered he's won the lottery that will change his life?

노련한 도둑이자 사기꾼인 인물은 어떤 유형의 일에 끌릴까?
What type of work would a character who is a skilled thief and con artist be drawn to?

고대 언어 및 문화에 전문적 지식이 있는 인물은 어떤 직업이 가장 잘 맞을까?
What job would a character who is an expert in ancient languages and cultures be best suited for?

심리학과 관련한 이력이 있고 조종에 능한 인물에게 알맞은 진로는 무엇일까?
What would be an appropriate career path for a character who has a background in psychology and a talent for manipulation?

노련한 싸움꾼이자 특수 부대에 근무한 이력이 있는 인물은 어떤 유형의 직업에 끌릴까?
What type of job would a character who is a skilled fighter and has a history of serving in special forces be drawn to?

전직 해커이자 기술과 프로그래밍에 탄탄한 지식을 지닌 인물에게 적합한 직업은 무엇일까?
What career would be suitable for a character who is a former hacker and has a strong knowledge of technology and programming?

주인공과 모든 면에서 정반대인 친한 친구가 있다면, 주인공의 삶에서 이 친구가 어떤 역할을 할까?

Imagine your protagonist has a close friend who is a polar opposite of them in every way. What is this friend's role in the protagonist's life?

주인공이 부모님과 복잡한 관계라면, 유년 시절에 어떤 일을 겪어야 이러한 관계성이 구축될까?

Your protagonist has a complicated relationship with their parents. What happened in their childhood to create this dynamic?

'주인공에게 사랑하는 사람이 있지만, 그 파트너가 비밀을 감추고 있어. 그 비밀은 무엇이며, 두 사람 사이의 관계에 어떤 영향을 미칠까?

Your protagonist is in a romantic relationship, but their partner is hiding something from them. What is it and how does it impact the relationship?

주인공에게 누구나 우러러보고 존경하는 멘토가 있어. 두 사람은 어떻게 만났으며, 그 멘토가 주인공에게 왜 특별한 존재일까?

Your protagonist has a mentor who they look up to and admire. How did they meet and what makes this person special to the protagonist?

주인공에게는 애증 관계의 형제가 하나 있어. 과거에 어떤 사건이 있었기에 이러한 관계성을 갖게 됐을까?

Your protagonist has a sibling they have a love-hate relationship with. What events in their shared past have led to this dynamic?

배경

나 카우보이의 아내와 아이들이 용들에게 어떻게 죽었는지, 배경이 되는 이야기를 만들어 줄래?

GPT-3 카우보이 잭은 아내 릴리, 아들 빌리와 함께 황량한 서부의 중심부에 있는 농가에서 행복하게 살고 있었습니다. 하지만 어느 운명의 날, 용 여러 마리가 산에서 내려와 이들의 집을 공격하고 모조리 불태우는데, 그 과정에서 릴리와 빌리가 목숨을 잃습니다. 가족을 잃었다는 슬픔에 잠긴 잭은 마음속 깊은 곳에 용들에 대한 분노와 복수가 자라게 되고, 용들은 이제 이웃 마을과 농가까지 위협합니다. 잭은 총잡이가 되어 자신의 가족을 죽인 용들을 모조리 찾아서 죽이겠다고 결심합니다. 잭은 복수의 여정을 지속하다가 바위투성이의 황량한 변경을 가로지르게 되는데, 용들에게 복수하겠다는 자신의 결심을 좇으려 할 때마다 위험에 부딪힙니다.

배경을 설정하는 걸 좋아하는 작가도 있지만, 배경을 거의 활용하지 않는 작가도 있다. 나는 쉽게 지루해하는 편이기 때문에 인물에 관한 복잡한 배경을 설정해야 하는 경우에는 프로젝트에 흥미를 잃고 만다. 이러한 이유로 과거에는 배경 설정을 기피했다. 하지만 지금은 챗GPT 덕분에 다량의 배경 정보를 매우 짧은 시간 내에 떠올릴 수 있으며, 결국 그 정보들을 쓰지 않고 버리게 될지라도 다양한 아이디어에 대한 영감을 떠올리는 데 도움을 받는다. 이 특성은 당연히 원하는 만큼 적극적으로 또는 소극적으로 활용해도 되지만, 나는 이처럼 놀라운 도구가 없었다면 잘 들여다보지도 못했을 조연들의 배경을 설정할 때 특히 유용하게 쓴다. 챗GPT 덕분에 나는 이야기를 풀어내는 능력이 향상되었으니 여러분도 한번쯤 시도해 보기를 바란다.

챗GPT가 떠올리는 것들이 반향을 주는 경우는 흔치 않다. 혹시 그것이 문제라면, 프롬프트를 더 명확하게 고치고 마음에 안드는 측면을 구체적으로 바꿔 보자.

 추천 프롬프트

인물들의 유년 시절은 어땠으며, 그게 지금 그들의 모습을 형성하는 데 어떤
영향을 미쳤을까?
What was your character's childhood like and how has it shaped
who they are now?

인물의 현재를 만드는 본질적 순간은 언제였을까?
What was a defining moment in your character's life that made
them who they are today?

인물의 가장 큰 후회는 무엇이며, 그것을 가장 후회하는 이유는 무엇일까?
What is your character's biggest regret and why?

인물의 가장 큰 두려움은 무엇이며, 그것을 어떻게 극복했을까?
What is your character's greatest fear and how have they
overcome it?

인물의 현재 성격이나 신념을 만들어 준 삶의 가장 큰 사건이나 경험은 무엇
일까?
What are the biggest events and experiences in your character's
life that have shaped their personality and beliefs?

인물의 가족 관계는 어떠하며, 그게 인물에게 어떤 영향을 미쳤을까?
What is your character's relationship with their family like and how
has it influenced them?

인물의 교육 수준은 어떠하며, 그것이 인물의 삶에 어떤 영향을 미쳤을까?
What was your character's education like and how has it affected their life?

사랑과 관계에 대한 인물의 개인적인 경험은 어땠을까?
What is your character's personal history with love and relationships?

인물의 핵심 신념과 가치는 무엇일까?
What are your character's core beliefs and values?

인물이 삶에서 맞닥뜨렸던 가장 큰 장애물은 무엇이며, 그것을 어떻게 헤쳐 나갔을까?
What are the biggest challenges your character has faced in their life and how have they dealt with them?

비밀과 거짓

🔲 인물이 지니고 있을 법한 비밀을 몇 가지 생각해 줄래?

GPT-3 물론이죠, 아래는 주요 인물인 릴리가 지니고 있을 법한 비밀 몇 가지입니다.

과거로 인한 트라우마: 릴리의 이전 약혼 관계가 일방적인 상대의 배신으로 가슴 아프게 끝났기 때문에 릴리는 감정적으로 깊은 상처를 안고 있습니다. 자신의 고통과 트라우마를 완전히 드러내지는 않으려 할 것이고, 가장 가까운 친구에게조차 숨길 것입니다.

숨겨진 재능: 릴리는 그림, 노래 같은 분야에 숨겨진 재능이나 열정이 있을 것입니다. 그 재능을 맥스를 포함해 모두에게 숨기고 있을 것입니다.

위험한 비밀: 릴리는 과거에 위험한 상황에 연루된 적이 있었을 것입니다. 범죄를 목격했다든지, 위협을 당했을 수도 있습니다. 그리고 그 사실을 계속 감추어 자신과 자신이 사랑하는 사람을 지키려 할 것입니다.

재정적 문제: 릴리의 강인하고 독립적인 성격에도 불구하고, 릴리는 들키고 싶지 않아 하는 재정적 어려움을 마주하고 있을 것입니다. 이러한 이유로 내면적인 스트레스가 심화되고 릴리는 더 예측하기 어려운 사람이 됩니다.

이상의 비밀들은 릴리의 성격에 깊이와 신비감을 더하면서 릴리를 더 복잡하고 예측 불가능한 인물로 만들고, 이야기 속에서 갈등과 성장의 기회를 던질 것입니다.

GPT-3 물론이죠, 아래는 릴리가 자신이나 주변 사람에게 본인의 비밀에 관해 지어낼 법한 거짓말들입니다.

과거에 관해: 과거의 가슴 아픈 실연은 전부 극복했다고 스스로 되뇌고, 다른 사람들에게도 이제 그 사실을 다 잊어서 더는 생각하지 않는다고 말할 것입니다.

재능에 관해: 자신과 다른 사람들에게 숨기고 있는 자신의 열정에 관해 관심도, 재능도 없다고 거짓말하면서 그 재능을 경시하고 계속 감추려 할 것입니다.

안전성에 관해: 자신과 다른 사람들에게 자신이 위험에 처해 있지 않다고 거짓말하면서 스스로를 지키고, 또 다른 사람이 자신을 걱정하거나 혹여 그 일에 연루되는 상황을 막으려 할 것입니다.

재정 상태에 관해: 자신과 다른 사람들에게 자신은 재정적으로

안정됐고 전혀 힘들지 않다고 거짓말하면서 도움이 필요하다는 사실을 인정하거나 불안정해 보이는 상황을 피하려 할 것입니다.

이러한 거짓말은 릴리의 성격을 더 복잡하게 만들고 갈등을 더하기도 하겠지만, 릴리 자신과 과거에 대한 진실을 마주하며 성장하고 자아를 발견할 수 있는 기회를 제공할 것입니다.

복잡한 인물은 대개 비밀과 거짓을 통해 구축되고 또 심화된다. 다음은 내가 챗GPT와 함께 인물을 생성하기 위해 브레인스토밍을 하는 몇 가지 방법이다. 이렇게 질문하자 챗GPT의 답변이 독특하고 통찰력이 있다고 느껴졌으며, 그 답변을 책에 활용하지는 못하더라도 인물에 대한 나만의 개념에 깊이를 더해 인물을 더 잘 서술할 수 있었다.

주인공이 숨겨 왔던 비밀 중에 가장 충격적인 게 뭘까?
What is the most shocking secret that my protagonist has been hiding?

적의 거짓말이 그럴듯하게 들리려면 어떻게 해야 할까?
What would make my antagonist's lies believable to others?

인물이 거짓말하고 계속 비밀을 감추려는 동기는 무엇일까?
What motivates my character to lie and keep secrets?

인물의 거짓말이 들통났을 때 어떤 결과가 생길까?
What are the consequences of my character's lies being revealed?

인물의 행위를 유도하는 숨겨진 동기들은 무엇일까?
What hidden motives drive my character's behavior?

인물의 거짓 뒤에 감춰진 배경은 무엇일까?
What is the backstory behind my character's lies?

인물이 감추던 비밀이 사랑하는 사람에게 드러났을 때 어떤 결과가 생길까?
What are the consequences of my character's secrets being revealed to their loved ones?

인물의 거짓말이 크게 설득력 있는 이유는 무엇일까?
What is the reason for my character's lies to be so convincing?

인물이 남들에게 결코 밝히지 않는 가장 큰 비밀은 무엇일까?

What is the biggest secret that my character has never shared with anyone?

인물의 비밀이 공공연하게 밝혀진다면 무슨 일이 일어날까?

What would happen if my character's secrets were exposed to the public?

복잡성과 관계성

복잡성에 관해 말하자면, 챗GPT를 활용해 인물의 복잡성을 심화하는 몇 가지 방법이 있다. 특히 작품 속 다른 인물들과의 관계성을 복잡하게 만들 수 있다.

인물을 생성할 때 복잡성에 집중하면 다면적 인물이 만들어진다. 결함, 강점, 그리고 독특한 성격 모두 독자들에게 그 인물을 돋보이게 해 준다.

예를 들어, 다음과 같은 프롬프트에 집중하여 인물에 관한 현실적인 문제들을 브레인스토밍할 수 있을 것이다.

'중독 문제로 어려움을 겪는 남성 인물을 쓰고 있어. 이 지점에 다다를 때

까지 인물이 겪을 수 있는 현실적인 경험들은 뭘까?'

'내가 쓰는 인물은 작은 마을에서 자란 젊은 여성이야. 이 인물이 자신의 배경을 바탕으로 지닐 수 있는 고유한 특질은 뭘까?'

흥미로운 가상의 인물은 긴장감을 형성하고, 플롯을 끌고 나가는 내외면적 갈등을 마주한다. 인물이 신체적, 감정적, 또는 도덕적 갈등을 다루는 방법은 그 인물 고유의 것이어야 한다. 갈등 때문에 인물이 어려움에 봉착하고 힘겨운 선택을 내려야만 할 것이다. 챗GPT를 이용해 인물에게 특화된 갈등 상황을 브레인스토밍하고, 특정 인물이 일정한 갈등에 대응하는 방법을 충분히 고민해 볼 수도 있다.

'같은 목표를 향해 고군분투하는 두 인물 사이의 갈등을 만들고 싶어. 이들이 마주할 수 있는 독특하고 예상 불가능한 난관은 무엇이 있을까?'

'내 인물은 음악계에서 성공하려고 애쓰는 음악인이야. 이 인물이 밴드원, 팬, 다른 음악인들과 겪을 수 있는, 자신을 시험하고 성장하게 만드는 갈등은 무엇일까?'

'내 인물은 획기적인 발견을 연구하고 있는 과학자야. 이 인물이 자신의 발견을 조명시키려고 하면서 자신의 동료, 경쟁자, 또는 대중과 겪을 수 있는 갈등은 무엇일까?

챗GPT를 인물 생성 과정에 어떻게 활용하든, 다른 방법을 썼을 때보다 인물에 대한 심도 있는 이해가 가능해지리라는 사실만큼은 확실하다.

GPT-4를 위한 업데이트: GPT-4가 어떻게 개선되었는지 책 전반에 걸쳐 두어 가지의 예시를 더하고 싶었고, 인물 생성 과정은 그 개선점을 잘 보여 준다. 나는 위의 프롬프트 중 하나를 택해 GPT-3와 GPT-4에 각각 입력했으며 어떠한 차이점을 보이는지 확인했다.

나 내 인물은 음악계에서 성공하려고 애쓰는 음악인이야. 이 인물이 밴드원, 팬, 다른 음악인들과 겪을 수 있는, 자신을 시험하고 성장하게 만드는 갈등은 무엇일까?

GPT-3 음악계에서 성공하려고 애쓰는 동안 겪을 수 있는 갈등은 여러 가지가 있습니다. 다음은 인물이 마주할 수 있는 잠재적인 갈등입니다.

1. 밴드원과의 창의성 차이: 당신의 인물은 다른 밴드원과는 창의적 시각이 다르기 때문에 밴드가 추구하는 음악 방향성을 두고 갈등이 빚어질 것입니다. 음악 스타일, 가사, 심지어는 앨범에 들어갈 노래의 순서에서도 의견이 충돌할 수 있습니다. 이러한 차이를 극복하려면 타협과 소통이 필요할 것입니다.

2. 밴드원과의 성격 차이: 당신의 인물과 밴드원들은 서로 부딪치는 상반된 성격을 지니고 있어서 같이 일하는 방식을 두고 갈등이 생겨날 것입니다. 소통, 노동관, 또는 대인 관계 때문에 문제가 발생할 수 있습니다.

3. 다른 음악인과의 경쟁: 음악 산업에서 음악인들 사이에는 공연 확보, 음반 계약, 그리고 팬 때문에 치열한 경쟁이 벌어질 때가 많습니다. 당신의 인물은 같은 기회를 두고 겨루는 음악인들과 갈등을 겪을 것이며, 그래서 긴장감과 라이벌 의식을 느낄 것입니다.

4. **창의력의 벽과의 싸움**: 음악인으로서 당신의 인물은 새로운 음악을 쓰거나 재주를 발현하는 데 어려움을 겪는 창의력의 벽을 마주할지도 모릅니다. 이는 좌절과 자기 회의감을 초래하여 밴드원들과 갈등을 일으킬 수도 있습니다. 밴드원들은 당신의 인물이 제 역할을 다하지 못하고 있다고 생각할 것이기 때문입니다.

5. **재정적 어려움**: 음악인으로서 삶을 꾸려 나가는 것은, 특히 신인인 경우에는 더 어려울 것입니다. 당신의 인물은 밴드원들과 한정된 자원을 어떻게 쓸 것인지에 관해 부딪칠 수도 있고, 밴드의 음악을 자신들과 다르게 평가하는 팬들과 의견 충돌이 있을 수도 있습니다. 이는 스트레스와 미래에 대한 불확실성을 초래합니다.

이상은 당신의 인물이 자리를 잡으려 애쓰는 음악인으로서 겪을 수 있는 잠재적 갈등의 예시였습니다. 인물과 그 인물의 이야기가 지닌 특수성에 따라 음악인으로서의 여정 중에 다른 무수한 난관을 만날 수 있을 것입니다.

나 내 인물은 음악계에서 성공하려고 애쓰는 음악인이야. 이 인물이 밴드원, 팬, 다른 음악인들과 겪을 수 있는, 자신을 시험하고 성장하게 만드는 갈등은 무엇일까?

GPT-4 당신의 인물이 겪을 수 있는 음악계의 여정은 그 인물을 시험하고 성장하게 해 주는 다양한 갈등으로 가득할 것입니다. 다음은 밴드원, 팬, 그리고 다른 음악인들과 겪을 수 있는 잠재적인 갈등들입니다.

1. **창의성 차이**: 밴드의 음악적 방향성, 작곡, 그리고 예술적 견해에 관한 의견 충돌은 밴드원 간의 격한 언쟁과 긴장감을 불러일으킬 수 있습니다.

2. **자아 충돌**: 어떤 밴드원은 자아가 비대하여 권력 싸움을 벌이고 공연이나 창작 과정 중 다른 밴드원보다 돋보이려고 할 것입니다.

3. **재정적 분쟁**: 밴드의 재원을 어떻게 관리할지, 즉 수익 분배나 비용 지출에 대해 의견 충돌이 발생하면 밴드원들 간의 긴장감이 팽팽해질 것입니다.

4. **질투**: 당신의 인물이 인지도가 더 높고 주목을 받는다면, 다른 밴드원들은 본인이 빛을 보지 못한다는 생각에 분노를 느끼고 결국 갈등이 생길 것입니다.

5. **노동관**: 밴드원들끼리 음악 작업에 들이는 노력에 차이가 있다면, 갈등이 발생하고 분노와 긴장감이 유발될 것입니다.

6. **일과 개인적인 삶의 균형**: 밴드원들은 대인 관계, 건강, 경력 사이에 균형을 맞추기 위해 애를 쓸 것이고, 따라서 밴드 내에서 의견 충돌과 갈등이 빚어질 것입니다.

7. **팬들과의 관계**: 팬들과의 적절한 상호 작용을 찾아 가는 일은, 팬들이 강한 소유욕을 느끼고 과하게 비판적이거나 권한이 크다면 특히 어려울 수 있습니다. 당신의 인물은 한계를 설정하고 기대를 조절하는 방법을 배워야 할 것입니다.

8. **비판 수용**: 당신의 인물은 음악 비평가, 팬, 심지어는 다른 음악인들에게 가혹한 비판을 받을지 모릅니다. 그러면 자기 회의감을 느끼기 때문에 회복 탄력성을 발전시켜야 할 것입니다.

9. **경쟁**: 당신의 인물은 다른 음악인, 밴드들과 경쟁 관계에 놓여 있을 것이므로 갈등을 겪고, 자신을 음악계에 각인시켜야 할 필요를 느낄 것입니다.

10. **윤리적 딜레마**: 당신의 인물은 윤리적 딜레마를 겪을 수 있습니다. 예를 들어 제약 조건을 거는 음반 계약에 서명을 해야 할지, 논란이 많은 아티스트와 협업을 해야 할지, 또는 자신의 신념에 어긋나는 행사나 캠페인에 참여할지를 결정해야 할 수 있기 때문입니다.

이러한 갈등은 개인적 성장과 자아 발견에 기폭제 역할을 하여 당신의 인물이 정서 지능, 소통 능력, 회복 탄력성, 그리고 적응력을 발전시키게끔 합니다. 또 이러한 갈등을 해결하는 과정에서 음악계와 자신의 예술적 정체성에 대해 더 깊이 있게 이해하게 될 것입니다.

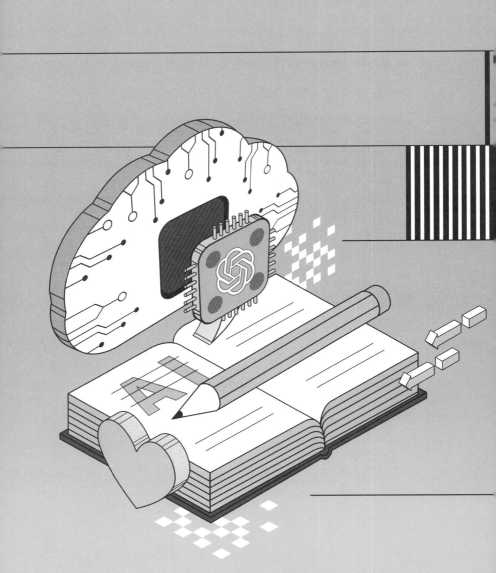

04

세계관 구축

설정과 묘사

설정과 묘사

챗GPT를 활용하는 몹시 재밌는 방법 중 하나는 가상의 장소와 세계에 관하여 설명을 생성하게끔 하는 것이다. 이는 현실적인 세계관이나 공상적인 세계관을 구축하는 데 모두 똑같이 작용한다. 예를 들어, 챗GPT에게 '신비롭고 환상적인 세계를 묘사해 줘'라는 프롬프트를 입력한다면, 챗GPT는 작품의 배경이 될 독특하고 창의적인 설정에 대한 묘사를 생성할 것이다. 이로써 작품에 깊이와 복잡성을 더할 수 있으며, 독자를 위한 더 몰입감 있고 현실적인 세계를 구축하는 데에도 도움이 될 것이다.

공상 과학 소설이나 판타지 소설에 도움이 될 뿐만 아니라, 어떤 유형의 소설을 쓰든 풍부한 세계를 형성하는 것은 유익한 일이다. 나는 특히 역사 소설을 쓸 때 챗GPT를 쓰는 걸 선호한다. 챗GPT는 디지털화된 과거의 정보원을 포함하여 엄청난 양의 데이터를 기반으로 훈련을 받기 때문에 내가 묘사하려는 세계를 더 잘 이해하는 데 큰 도움이 된다.

나 1800년대 미국 서부의 현실 세계에 사는 용의 종류에 대해 자세하게 묘사해 줄 수 있어?

GPT-3 그럼요! 어떤 유형의 용일지부터 생각해 보겠습니다. 전형적인 서부 용과 비슷한 생김새로 커다란 날개, 날카로운 발톱과 이빨, 그리고 긴 꼬리를 가지고 있을 것입니다. 하지만 1800년대 미국의 서부에 살고 있기 때문에 현지 야생 동물과 공존하고 사람들의 눈에 띄지 않기 위한 적응력을 지녔을 것입니다.

예를 들어, 이 용들의 비늘은 주변 사막이나 산과 비슷한 색깔이거나, 모습을 감춰야 할 때는 조그만 도마뱀 크기로 변할 수 있는 능력이 있을지도 모릅니다. 멀리서도 위험을 감지할 수 있는 예리한 감각은 물론, 불을 내뿜거나 다른 자연적인 힘을 활용할 수 있는 능력도 소유하고 있을 것입니다.

용들을 사회 집단의 관점에서 보면, 유대가 긴밀한 공동체를 형성하여 인간의 침략으로부터 안전한 동굴이나 숨겨진 장소에서 살아갈 것입니다. 위계질서 또한 뚜렷하여 우두머리 용들이 앞장서고, 더 큰 용에게 복종하는 어리거나 약한 용들을 이끌 것입니다. 용들은 역사와 문화가 풍부하고, 그들의 기원이나 과거에 마주해야 했던 시련과 고난에 관하여 세대에 걸쳐서 전해 내려오는 설화가 존재할 것입니다.

GPT-4를 위한 업데이트: 위의 프롬프트들은 원래 GPT-3에서 시험하기 위해 만든 것들이지만, GPT-4의 응답은 얼마나 더 흥미로울지 확인하고 싶었다. 그래서 정확히 동일한 프롬프트를 입력했을 때 GPT-4가 내놓은 답변을 가져왔다. 아래의 답변이 기존의 답변보다 훨씬 유용하고 흥미롭다.

GPT-4 1800년대 미국의 서부에서는 드레이코 옥시덴털리스 아메리카누스Draco Occidentalis Americanus 라고 알려진 비밀스러운 용이 외떨어진 장소에 숨어 살았습니다. 대체로 숲속 동굴에 살았고, 밀림, 심지어는 사막에도 서식했습니다. 용들은 위장 능력과 회피적인 본능 때문에 인간의 눈에 잘 띄지 않았습니다.

신체적 특성

드레이코 옥시덴털리스 아메리카누스는 중간 크기의 용으로, 몸길이 약 6미터에 날개폭은 10미터에 이르렀습니다. 비늘은 다양한 색깔을 띠어서 갈색, 초록색, 회색 같은 토양과 비슷한 색조를 띠기도 했고, 그 덕분에 주변 환경에 완벽하게 숨어들 수 있었습니다. 근육질의 팔다리를 지녔으며 끝에 달린 발톱은 날카로웠기 때문에 바위가 많은 지형에 착지하거나 먹잇감을 잡기에 최적화돼 있었습니다. 꼬리는 길고 채찍을 닮아서 끝에는 철퇴 같은 돌출부가 달려 있는 경우가 흔했고, 그 덕분에 방어와 평형 유지에 유리했습니다.

행동 및 사회 구조

주로 야행성으로 어둠 속에 모습을 감추고 사냥하기 때문에 사람들의 추적을 피할 수 있었습니다. 야간 시력이 매우 뛰어나고 후각이 크게 발달해서 먹잇감을 손쉽게 찾아낼 수 있었습니다. 육식성이므로 다양한 동물을 먹잇감으로 삼았는데, 사슴, 엘크, 때로는 가축까지 잡아먹어 목장주와 충돌하기도 했습니다.

드레이코 옥시덴털리스 아메리카누스는 지능이 매우 높은 사회적 동물로서 '브루드brood'라고 불리는 규모가 작고 유대가 끈끈한 집단에서 공동체 생활을 했습니다. 힘이 가장 센 수컷과 암컷 한 마리가 우두머리 쌍으로서 각 브루드를 이끌었는데 공동체 내의 의사 결정과 질서 유지를 책임졌습니다.

번식과 수명

짝짓기는 5년에 한 번 일어나서 우두머리 쌍이 한 번에 세 개에서 다섯 개 정도의 알을 낳았습니다. 이 알들을 전체 브루드가 필사적으로 지켜냈으며, 굴에서 가장 따뜻한 곳에서 품었습니다. 알이 부화하고 나면, 어린 용들은 브루드와 함께 몇 년간 생활하면서 사냥과 비행과 같은 필수적인 기술들을 성체 용들에게 배웠습니다. 드레이코 옥시덴털리스 아메리카누스는 수명이 길었기 때문에 몇백 년을 살기도 했습니다. 나이가 들면 비늘의 색이 더 선명해졌고, 세월에서 습득한 현명함으로 동족들 사이에서 크게 존중받았습니다.

문화적 상호 작용

사람과 접촉하는 경우는 거의 없었고, 베일에 감춰져 있었습니다. 이 용들은 지능이 매우 높고 인간의 언어를 이해할 수 있지만, 동시에 신중하고 사람을 믿지 못해서 가능하면 인간과의 접촉을 피했습니다. 일부 원주민 부족은 용을 강력한 영적 존재로 숭배하였고, 서부에 정착한 정착민들은 용들의 존재에 관한 소문만 듣고는 무궁한 전설과 설화를 만들어 냈습니다.

1800년대에 발전이 이루어지며 인구가 증가하자, 드레이코 옥시덴털리스 아메리카누스는 생존이 훨씬 어려워졌습니다. 서식지를 잃고 계속해서 인간에게 발각되었기 때문입니다. 이 용들은 훨씬 회피적이고 은둔적으로 변했고, 계속 모습을 감추며 황무지로 물러나서 옛 삶의 방식을 고수했습니다.

챗GPT는 소설 속 설정, 문화, 사회에 관한 설명과 정보를 생성함으로써 세계관 구축을 돕는다. 사용자의 필요에 따라 광범위하거나 특정한 정보를 전달하는데, 독특하고 기발한 세계관 구축에 필요한 요소들, 즉 문화, 관습, 역사적 사건, 그리고 기술의 발달을 제안하는 것에서부터 방 하나 또는 음식 하나를 묘사하는 것까지 가능하다.

예를 들어, 챗GPT에게 '가상의 왕국에 관한 역사를 상세하게 만들어 줘' 같은 프롬프트를 입력할 수 있다. 그러면 챗GPT는 전쟁, 정치적 갈등, 중요한 문화적 사건을 포함하는 풍부하고 복잡한 역사를 제안해 줄 것이다. 또는, '초현대적인 도시에 관한 묘사 글을 생성해 줘' 같은 프롬프트를 입력한다면, 챗GPT가 도시의 건축 양식, 기술, 사회 구조에 대하여 독특하고 기발한 세부 사항들을 제안해 줄 것이다.

챗GPT가 세계관 구축에 도움이 될 수 있다고 제안한 방법 중하나는 문화적 요소를 만들어 내는 것이다. 챗GPT의 문화적 요소에 대한 능력을 시험하기 위해서 나는 위에서 제시한 프롬프트를 그대로 사용했고 다음은 그에 대한 챗GPT의 답변이다.

GPT-3 살락시Xalaxi 부족 사람들은 외떨어진 지구의 한구석, 무성한 밀림과 위험천만한 산으로 둘러싸인 곳에 살고 있습니다. 살락시의 문화는 전통과 자연적 영혼에 대한 숭배에 깊이 뿌리내리고 있습니다. 살락시 부족은 평화롭지만, 자신들의 영토와 삶의 방식만큼은 맹렬히 지키고자 합니다. 이들의 영토에 방문한 외부인은 의심 어린 눈초리를 받으나 살락시 부족을 존중하고 신뢰할 만한 모습을 보인다면 부족 안에 기꺼이 받아들여지고, 그들의 고유한 관습과 신념을 배울 기회를 얻게 될 것입니다.

살락시 문화의 가장 두드러지는 특성이 있다면, 정성을 들인 의식과 의례입니다. 이러한 행사의 목적은 자연적 영혼을 기리며 그들의 보호와 축복을 바라는 데 있습니다. 살락시 부족은 커다란 산에서부터 조그마한 꽃까지 자연에 존재하는 모든 것에 영혼이 깃들어 있다고 믿고, 부족이 번영하려면 이러한 영혼들을 반드시 기리고 존중해야 한다고 생각합니다. 부족 내의 영적 지도자가 의식을 거행하고, 복잡한 춤사위와 노래를 곁들이는 것은 물론, 음식과 꽃을 공물로써 바칩니다.

살락시 문화에서 독특한 또 다른 면은 의식에 향정신성 물질을 사용한다는 것입니다. 살락시 부족은 특정한 약초와 버섯이 정신을 영혼의 세계로 인도하여 자연적 영혼과 소통할 수 있게 한다고 믿습니다. 이러한 향정신성 물질은 제한적으로 쓰이므로 안전하다고 믿어지지만, 그 물질을 사용하는 이들에게 강력하고 심지어는 신비스러운 효과를 미칩니다. 이러한 향정신성 물질을 사용하는 건 살락시 부족에 기이하고 색다른 특성을 더하는 또 하나의 예시일 뿐입니다.

내가 이 이야기를 쓴다면, 문단 단위로 챗GPT에게 물어 아이디어를 확장해 나갈 것이다. 나의 경험에 비추어 볼 때 이야기를 더 깊이 파고들려면 그게 최선의 방법 중 하나였다. 예를 들어, 챗 GPT에게 살락시 부족이 의식에서 사용하는 열 가지 약초의 목록과 각각의 효능을 만들어 달라고 요청할 수 있다. 선택지는 무궁무진한데, 이러한 특성은 소설 쓰기에서 GPT-3를 활용할 때의 단점 중 하나이다. 정보의 망망대해에서 길을 잃기 십상이기 때문이다. 내 경험상 각 절이나 파일의 순서를 잘 조직하는 건 도움이 된다. 특히 소설 쓰기 초기 단계라면 말이다.

최근에 활용하기 시작한 세계관 구축의 또 다른 좋은 예는, 릿 RPG(LitRPG, Literary Role Playing Game의 약자로 게임 판타지 소설 장르이다.-옮긴이) 소설이다. 릿RPG는 문학에서 비교적 새로운 장르지만, 내가 진심으로 사랑하는 장르이기도 하다. 어떠한 장르라도 좋지만, 특히 하이 판타지, 사이버펑크, 그리고 하렘 로맨스 장르가 능력치나 레벨 업 같은 게임의 역학과 만나 릿RPG가 탄생하게 된다.

이런 유형의 글을 쓸 때는 어렵고 지루한(적어도 나한테는 그렇게 느껴진다.) 게임의 역학이 많이 필요하지만, 챗GPT가 그 과정을 재밌게 해 준다. 다음은 그 예시이다.

나 디젤펑크 양식의 게임에서 1930년대 모험가 계급에게 어떤 종류의 무기와 장비가 적합할지 브레인스토밍하는 걸 도와줄래?

GPT-3 그럼요, 게임 내의 모험가 계급에게 적합할 만한 무기와 장비에 관한 아이디어입니다.

나침반 - 항해와 방향 찾기를 도와줍니다.

쌍안경 - 장거리 정찰 및 관찰을 가능하게 해 줍니다.

마체테 - 나뭇잎과 덤불을 헤치고 나아갈 때 유용합니다.

쇠갈고리 - 가파른 절벽과 구조물을 오르내릴 때 사용합니다.

조명탄 총 - 구조를 요청하거나 위치를 알릴 때 유용합니다.

밧줄 - 등산이나 현수 하강을 할 때, 가교를 만들 때 사용합니다.

손전등 - 어두운 환경에서 빛을 밝혀 줍니다.

물통 - 물이나 다른 액체류를 담아서 이동할 수 있습니다.

사냥용 칼 - 사냥이나 자기방어에 유용합니다.

등산 장비 - 카라비너, 하네스, 밧줄 따위로 바위 면이나 절벽을 오를 때 씁니다.

석궁 - 멀리 있는 사냥감이나 적까지 쓰러뜨릴 수 있는 사거리 조절 무기입니다.

연막탄 - 위장이나 주의 분산이 가능합니다.

삽 - 땅을 파거나 장애물을 치울 수 있습니다.

구급 장비 - 부상과 질병에 대처할 수 있는 물품이 들어 있습니다.

회중시계 - 시간을 추적하고 그에 따라 적절한 계획을 세울 때 사용합니다.

챗GPT를 활용해 세계관 구축에 필요한 요소들을 생성하자 창작 과정에서 엄청난 시간과 노력을 아낄 수 있었다. 많은 양의 정보를 아주 빠르게 생성해 줘서 내가 직접 떠올려야 했던 것들에 시간을 들이지 않을 수 있기 때문이다.

🤖 **추천 프롬프트**

내가 창작하고 있는 세계의 역사는 무엇일까?
What is the history of the world I am creating?

지리와 지형이 내 세계의 사회 및 문화에 어떤 영향을 미칠까?
How does the geography and topography impact the society and cultures of my world?

내 세계에는 어떤 유형의 기술과 마법 체계가 존재하며, 그것이 어떻게 작동할까?
What kind of technology and magic systems exist in my world and how do they work?

내 세계에서 지배적인 인종과 생물종은 무엇일까?

Who are the dominant races and species in my world?

내 세계에는 어떤 유형의 정부와 정치 체계가 존재할까?

What kind of government or political systems exist in my world?

내 세계의 지역마다 기후는 어떻게 다를까?

What is the climate like in different parts of my world?

내 세계 안에서 인물은 어떻게 이동하고 소통할까?

How do my characters travel and communicate within my world?

내 세계의 주요한 종교와 신념 체계는 무엇일까?

What are the major religions and belief systems in my world?

내 세계를 형성한 주요한 사건과 갈등은 무엇일까?

What are the major events and conflicts that have shaped my world?

내 세계의 서로 다른 집단과 문화들이 어떻게 상호 작용 할까?

How do the different societies and cultures in my world interact with each other?

GPT-3는 도시, 풍경, 환경과 같은 소설 속 설정에 대해 생생하고 세부적인 묘사를 생성하는 데 탁월하다. GPT-3를 활용해 아래처럼 장면 설정들을 여럿 생성하거나 정해진 양식이나 수준으로 특정한 묘사 글을 만들 수도 있다.

나 이 소설의 설정을 좀 제안해 줄래?

GPT-3 스타즈니 영지의 어둑어둑한 고딕 양식 대저택이 보헤미아 카를스바트의 언덕에 자리 잡고 있습니다.

대저택의 주변은 어둡고 뒤틀린 숲에 둘러싸여 있고, 그곳엔 언제나 위험이 도사리고 있습니다.

카를스바트의 분주한 도시에는 즐비한 좁은 길거리마다 비밀이 숨어 있습니다.

땅속 터널과 대저택 아래의 지하 묘지에는 오래된 비밀과 금단의 사실들이 감춰져 있습니다.

대저택 마당의 버려지고 노쇠한 예배실에는 과거의 망령들이 떠돕니다.

대저택의 아래를 흐르는 지하 호수와 강 속에는 수수께끼와 위험이 가득합니다.

대저택의 연회장에는 호화로운 파티와 숨겨진 의도들이 뒤섞여 있습니다.

대저택의 마당에 너무 오래돼서 힘없이 무너지고 있는 묘지가 있고, 망자들이 그 안에 불안하게 잠들어 있습니다.

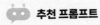 **추천 프롬프트**

주요 인물의 옛 고향에 대해 오감을 전부 활용해 자세하게 묘사해 줘.
Describe the main character's childhood home in detail, including all five senses.

시장이나 공원처럼 네가 만든 세계의 특정한 장소와, 그 장소가 지역 문화를 어떻게 반영할지 구체화해 줘.
Detail a specific location in your world, such as a marketplace or park, and how it reflects the culture of the area.

인물이 입은 옷에서 특정한 물건을 설명해 주고, 그 옷을 입은 이유도 함께 말해 줘.
Describe a particular item of clothing worn by one of your characters, including why they choose to wear it.

마법의 생명체를 자세히 설명하되, 어떻게 움직이는지, 어떻게 생겼는지, 무엇을 상징하는지도 포함해서 말해 줘.
Create a detailed description of a magical creature, including how it moves, what it looks like, and what it represents symbolically.

밤에 바라보는 도시의 스카이라인을 소리, 냄새, 풍경을 포함하여 한 문단으로 서술해 줘.
Write a paragraph describing a city skyline at night, including the sounds, smells, and sights.

네 이야기에서 중요한 역할을 하는 유적이나 역사적인 인공물에 대해 묘사해 줘.

Describe a historical monument or artifact that plays a significant role in your story.

인물의 아침 일상에 대해 묘사하는 글을 써 주되, 일어나서 뭘 하는지, 뭘 입는지, 어떤 기분을 느끼는지 포함해서 말해 줘.

Write a description of a character's morning routine, including what they do, what they wear, and how they feel.

숲에 대해 묘사하되, 어떤 종류의 나무가 자라고 야생 동물이 사는지와 그 밖의 고유한 특성을 전부 포함해서 말해 줘.

Describe a forest, including the types of trees, wildlife, and any unique features.

네 이야기에 중요한 역할을 하는 식사나 음식에 대해 오감을 전부 활용해 묘사하는 글을 써 줘.

Write a description of a meal or a food that is significant to your story, including all five senses.

환경에 영향을 미치는 자연재해나 사건을 묘사하되, 그 사건이 인물과 세계에 어떠한 영향을 미치는지도 포함해서 말해 줘.

Describe a natural disaster or other event that affects the environment, including how it impacts the characters and the world.

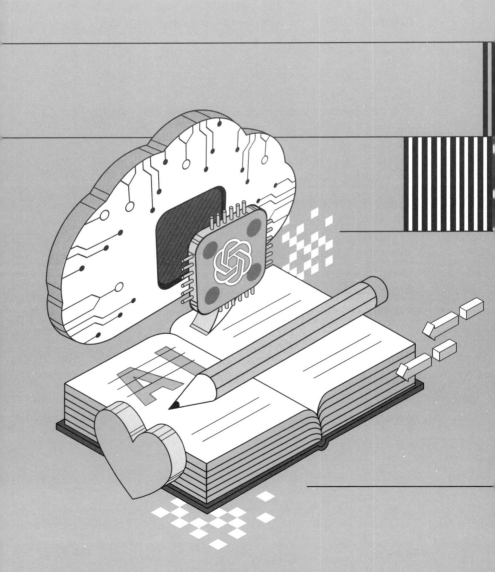

05

자료 조사

조사와 답변 검증

조사와 답변 검증

나 19세기 보헤미아에서 유명했던 온천 도시를 몇 군데 알려 줄래?

GPT-3 19세기 보헤미아에서 유명했던 온천 도시를 몇 군데 소개해 드리겠습니다.

카를스바트(카를로비 바리): 온천지와 우아한 건축으로 유명했던 카를스바트는 상위 계층과 유럽 권세가들에게 인기 있는 장소였습니다.

마리엔바트(마리안스케 라즈네): 온천지와 우아한 건축으로 유명했던 또 다른 온천 마을인 마리엔바트는 유럽 귀족과 부자들에게 인기 있는 장소였습니다.

프란젠스바트(프란티슈코비 라즈네): 카를스바트 근처에 있는 프란젠스바트는 약수와 우아한 건축으로 유명했습니다.

야히모프(요아힘스트할): 이 온천 마을은 유황천으로 유명했고 류머티즘과 다른 질병을 치료하려는 사람들에게 인기 있는 장소였습니다.

테플리트스(테플리체): 온천과 우아한 건축으로 유명했던 테플리트스는 상위 계층과 유럽 귀족에게 인기 있는 장소였습니다.

이 목록은 완전하지 않을 수 있으며, 온천의 인기는 시기 및 19세기 보헤미아의 사회적 계급에 따라 상이할 수 있습니다.

현실적인 역사 소설을 쓰든 대범한 공상 과학 소설을 쓰든, 글을 쓰다 보면 어느 순간에는 조사가 필요할 것이다. 본격적인 작업 전에 조사를 거칠 때도 많지만, 초고를 쓰다가 모르는 정보가 나와서 계획에 없던 매우 상세한 조사가 필요한 때도 정말 많다.

예전에 조사가 필요한 순간에 맞닥뜨리면 나는 늘 힘들어하곤 했다. 수의사가 정말로 이런 종류의 일을 할까? 19세기의 젊은 여성들이 정말 글을 읽을 수 있을까? 런던에서 카를스바트까지 기차로 가려면 얼마나 걸릴까? 같은 질문이 떠오를 때 말이다. 일단은 조사가 필요한 절에 표시를 남기고 글을 계속 써야 한다는 입장도 있지만, 내 입장에서는 전혀 맞지 않는 방법이었다. 그 다음에 오는 내용들이 내가 모르는 지식에 의존하는 경우가 빈번했기 때문이다. 하지만 이해하기 힘든 정보를 찾으려고 하다가 흐름을 잃는 수도 있었다.

내가 챗GPT에서 발견한 혁신적인 지점 중 하나가 있다면, 챗GPT에게 내가 알고 싶은 것을 정확히 물을 수 있고, 그러면 챗GPT도 아주 구체적인 답변을 제시한다는 것이다. 올바르지 않은 대답을 할 때도 있지만, 보통은 정답과 아주 유사하며 적어도 방향만큼은 올바르게 가리킨다.

인물의 배경과 동기를 구체화하는 건 조사의 중요한 측면이라고 생각한다. 초고를 쓸 때 인물에 현실감을 불어넣고 독자들이 공감할 수 있는 인물로 만드는 데 도움이 되기 때문이다. 이 과정에서 챗GPT를 유용하게 활용하는 방법은 특정한 직업, 문화,

또는 인물이 살고 있는 시기에 관한 정보를 제공하는 것이다. 예를 들어 인물이 의사라면, 챗GPT가 의사의 교육과 진로뿐만 아니라 전형적인 일과와 의사들이 마주하는 어려움에 대하여 조사를 도와줄 것이다. 그러고 나면 이 정보를 활용해 인물에 대하여 더 구체적이고 실감 나는 배경을 구축할 수 있다.

아래에 작가가 요구할 수 있는 조사들에 대해 짧게 간추려 보았다.

- 다양한 문화와 세대의 인물들이 보일 수 있는 현실적인 대화, 버릇, 관습을 제안함.
- 과학적인 개념과 이론에 대한 정보를 제공함.
- 반전에 대한 아이디어를 제안해서 플롯과 이야기의 전개를 보조함.
- 설정과 분위기에 대해 묘사적인 표현을 제시함.
- 그럴듯하고 설득력 있는 기술과 미래 세계의 모습을 제안함.
- 상징주의와 풍자에 대한 정보를 제공함.
- 정치 및 사회 구조에 대한 아이디어를 제안해서 세계관 구축을 보조함.
- 작품 속 세계의 인물, 장소, 물건에 대한 명칭들을 제안함.

주의해야 할 것이 있다면, GPT-3는 자신이 제공한 정보에 대한 출처를 전혀 밝힐 수 없으므로 정보가 부정확할 수 있다는 점이다. 단순히 1920년대에 어떤 수영복이 유행했는지를 조사하고 싶다면 그다지 심각한 문제가 아니겠지만, 작품의 완성도가 정확한 역사적 조사에 의해 좌우된다면 GPT-3로 조사를 시작하되 인터넷과 다른 학술적 연구를 원천으로 삼아 GPT-3가 제공한 정보가 맞는지 확인하는 것을 추천한다.

GPT-4를 위한 업데이트: GPT-4는 조사라는 기능적 측면에서 이전 모델보다 훨씬 개선되었다. 단순히 데이터를 더 많이 학습한 것을 넘어서 이전 모델보다 거짓을 그럴듯하게 말할 확률이 훨씬 낮다(어떻게 그럴 수 있는지는 나도 모른다. 그 부분은 내 지식의 한계를 '훨씬' 넘어선 영역일 테니까). 그래도 여전히 인간이 판단력을 발휘하여 답변을 검증해야 하겠지만, 챗GPT를 조사 도구로 활용하는 데 있어 안정성이 굉장히 개선되었다. 다음은 두 모델의 답변을 비교한 예시이다. 이 예시에서 GPT-4의 응답이 사실적으로 더 정확할 뿐만 아니라, 내 질문을 더 올바르게 이해했다는 점에 주목하기 바란다. GPT-3는 심리학에서 여성과 남성을 어떻게 다르게 인식했는지가 아니라, 심리학에서의 여성과 남성을 말하는 데 그쳤다. GPT-4의 답변이 내가 바라던 것에 훨씬 더 가까워 보인다.

GPT-3 1860년대에도 심리학은 비교적 새로운 학문이었고, 그 원칙이나 이론에 관한 합의가 이루어지지 않고 있었습니다. 그렇지만, 이 시기 동유럽에서 심리학에 대해 주목할 만한 경향이나 의견들이 몇 가지 존재했습니다.

일반적으로 심리학은 주로 정신적 과정과 행위를 연구하는 분야로 받아들여졌습니다. 당시 지배적이던 견해는 심리학이 실험이나 관찰처럼 과학적 방법론에 근거해야 하며, 인간 행위를 관장하는 근본적인 원리를 이해하는 것에 집중해야 한다는 것이었습니다.

이 시기 심리학에서 남성과 여성을 바라보는 방법에 관해 뚜렷한 차이가 몇 가지 존재했습니다. 일반적으로 남성은 과학적인 일에 더 잘 맞는다고 여겨졌으며, 여성은 감정적이고 비논리적인 존재로 보았습니다. 결과적으로 여성은 심리학의 영역에서 실험자로든 피실험자로든 배제되고 맙니다.

그러나 이 견해에 주목할 만한 예외들이 몇 가지 있습니다. 예를 들어, 선구적인 심리학자 메리 휘턴 캘킨스Mary Whiton Calkins는 미국에 거점을 두고 유럽 지역과 연계하여 활동했고,

기억에 관한 혁신적인 연구를 수행하며 미국 심리 학회American Psychological Association의 최초 여성 학회장으로 역임했습니다.

동유럽에서도 이 시기에 돋보이는 활동을 했던 여성 심리학자들이 몇 명 있습니다. 그 예로 나데즈다 라디기나코츠Nadezhda Ladygina-kohts를 들 수 있는데, 나데즈다는 아동 발달에 대한 연구를 수행했으며, 러시아에서 여성 최초로 심리학 박사 학위를 취득했습니다.

전반적으로 1860년대에 심리학은 여전히 발달의 초기 단계였으며, 이 분야에 관해 다양한 견해와 의견이 존재했습니다. 여성들이 심리학에서 배제되는 경우가 흔했지만, 심리학 연구에 획기적인 공헌을 하며 주목할 만한 예외가 된 여성들도 있습니다.

GPT-4 1860년대 동유럽에서 심리학은 뚜렷한 학문 분야로 자리 잡지 못했습니다. 전 세계적으로 심리학이 발달 초기 단계에 머물고 있었기 때문입니다. 이 시기 정신 건강에 대한 이해와 치료는 철학, 의학, 그리고 종교적인 발상을 혼합한 것에 뿌리를 두었습니다. 심리학 분야는 19세기 후반, 최초의 심리학 실험실 설립과 빌헬름 분트, 지그문트 프로이트 같은 선구적인 심리학자의 연구에 힘입어 그 형태를 갖추기 시작했습니다.

1860년대 동유럽에서 정신 건강에 대한 견해는 의학 모형에 큰 영향을 받았고, 정신 질환을 뇌 질환이나 체액의 불균형(사체액설) 같은 신체적 요인 때문으로 보았습니다. 정신 장애는 흔히 도덕성의 결핍, 영적 고통, 또는 저주나 악령 빙의와 같은 초자연적 원인의 결과로 보았습니다. 정신 장애의 치료법은, 약초 치료와 피 뽑기에서부터 기도와 구마 의식까지 그 종류가 매우 다양했습니다.

남성과 여성은 정신 건강의 측면에서 다르게 치료되었는데, 당시의 지배적이던 성별 규범과 사회적 기대를 반영하고 있었습니다. 여성은 감정적이고 신체적으로 연약하기 때문에 정신 질환에 더 취약한 것으로 여겨졌습니다. 히스테리는 감정적 불안정성과 신체적 증상과 연관된 것으로 잘못 정의되어서 이 시기에는 여성에게 히스테리 진단이 내려지는 경우가 흔했습니다. 여성의 '히스테리 증상'은 정상적인 위치를 벗어난 자궁 때문에 고통을 받는 것으로 생각되었고, 치료법은 휴식과 식단 제한에서부터 의사가 유도하는 '히스테리성 발작'(현재 오르가슴으로 알려진 것)까지 있었습니다.

반면에 남성은 더 이성적이고 감정적으로 안정적일 것으로 예상되었습니다. 남성의 정신 건강 문제는 타고난 취약함보다는 스트레스나 약물 남용처럼 외적인 요인에 의한 것으로 치부될 때가 많았습니다. 남성에 대한 치료는 그들의 삶에 통제력과 안정성을 되찾는 것에 집중하는 경향이 강했는데, 엄격한 일상 유지, 신체 운동, 노동을 일반적인 치료법으로 삼았습니다.

치료와 인식에 이러한 차이가 있었음에도 불구하고, 정신 건강 문제로 고통받는 남성과 여성은 전부 사회적인 낙인과 차별을 견뎌야 했습니다. 정신 건강에 대한 이해도가 낮았기에 정신 질환을 앓는 이들은 공포의 대상이 되거나 지역 사회에서 기피의 대상이 되는 경우가 흔했습니다.

심리학과 정신 건강에 대한 1860년대 동유럽의 인식은 문화, 종교, 그리고 철학적 전통과 같은 일련의 요인에 의해 형태를 갖추었다는 점을 반드시 주목해야 합니다. 그러한 인식들은 19세기 후반과 20세기 초반까지 발전되어 나갔고, 막 태동하던 심리학 분야가 독립된 학문 분야로 자리매김하며 새로운 이론과 치료법들이 이전의 신념들을 대체하기 시작했습니다.

추천 프롬프트

'특정 시대' 동안 '특정 지역'에서 가장 인기가 많았던 음식의 목록을 만들어 줘.
Can you create a list of the most popular foods in COUNTRY during ERA.

'N 세기'의 'X'에 관해 1,500자로 에세이를 써 줄래?
Can you write a 500 word essay on X in the CENTURY?

'N 세기'의 '특정 주제'에 관하여 널리 퍼져 있던 생각을 더 알려줘.
Can you tell me more about what the prevalent ideas about TOPIC were in CENTURY

그 시대의 주요했던 정치적 사건이 뭐야?
What were the key political events of the era?

서로 다른 집단(계급, 인종, 성별 등)의 사회 구조는 어땠을까?
What was the social structure like for different groups of people (classes, races, genders, etc)?

그 시대의 가장 주요한 기술적 진보는 무엇이었을까?
What were the most important technological advances of the time?

지배적인 문화적 가치와 신념은 무엇이었을까?
What were the predominant cultural values and beliefs?

가장 인기 있던 유흥 거리는 무엇이었을까?
What were the popular forms of entertainment?

그 시대의 가장 중요했던 역사적 인물은 누구고, 그 인물은 무엇을 성취했을까?

What were the most significant historical figures of the era and what did they achieve?

그 시대의 가장 중요한 종교 및 철학적 운동은 무엇이었을까?

What were the important religious and philosophical movements of the era?

이 시기 동안 교육과 학습 상태는 어땠을까?

What was the state of education and learning during this time period?

그 시대의 주요한 전쟁과 갈등은 무엇이며, 그것이 세계를 어떤 모습으로 만들었을까?

What were the major wars and conflicts of the era, and how did they shape the world?

그 시대를 형성하는 데 환경과 천연자원이 어떤 역할을 했을까?

How did the environment and natural resources play a role in shaping the era?

그 시대의 자원 고갈이나 기후 변화가 인구 이동에 어떠한 영향을 미쳤을까?

How did resource depletion or climate change affect population movements during that time?

'특정 문화권'에서 '특정 나이'에 반드시 겪어야 하는 통과의례의 예를 들어줘.
Give me an example of a rite of passage that you must go through at a "certain age" in a "certain culture".

모든 문화권에서 사회적으로 성인으로 인정받기 위한 공통적인 기준으로 삼은 것들에는 무엇이 있을까?
What are the common criteria for being socially recognized as an adult across all cultures?

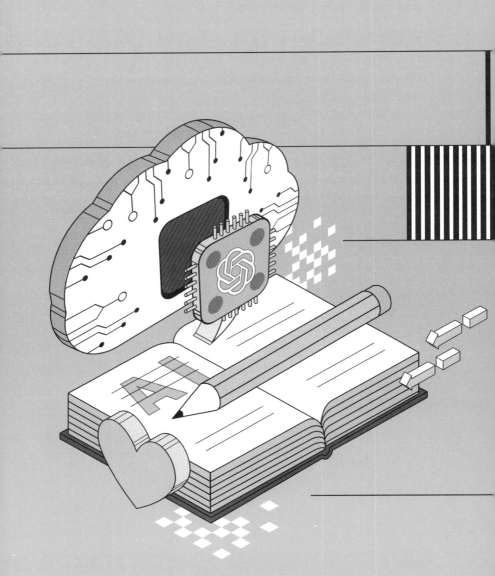

06

초고 쓰기

장르, 형식, 어조

챗GPT는 이전에 쓰였던 수백만 권의 책으로 훈련을 받았기 때문에 장르와 어조에 관해 뛰어난 이해력을 갖추고 있다. 이러한 이점을 활용하는 최선의 방법은 프로젝트를 시작할 때 어떤 장르와 어조를 선택해서 쓸지 챗GPT에게 말해 주는 것이지만, 나는 초고를 쓰기 시작할 때 활용하는 것도 좋아한다. 예를 들어서 '기괴한 서부 장르의 이야기를 불길한 어조로 쓸 건데, 용의 은신처에 들어갈지 말지를 두고 싸우는 두 인물 간의 대화를 만들어 줘.'라고 요청할 수 있다.

내가 아래에서 에드거 앨런 포Edgar Allan Poe의 형식을 가지고 했던 것처럼 특정한 어조나 형식을 취해서 장면 단위로 수정할 수 있다. 이로써 단순히 다른 작가의 형식을 빌려 글을 쓰는 것만 가능한 게 아니라 장르, 목소리 톤, 특정한 사람의 시점을 지정할 수도 있고, 심지어는 '다섯 살 아이 말투로 X에 대해 써 줘'라고 요구할 수도 있다. 두 인물이 무언가에 대해 장난스러운 어조로 대화하는 장면이나 18세기 런던에 있을 법한 장소를 묘사하는 장면을 적절한 대화와 함께 써 달라고 요구할 수도 있을 것이다.

나 유령 들린 대저택에 대한 글을 에드거 앨런 포의 형식으로 써 줘.

GPT-3 어둠의 그림자가 드리운 불길한 밤, 오래된 대저택이 우뚝 서 있고 그 외벽은 안에 깃든 공포스러운 이야기로 얼룩져 있다. 담쟁이로 뒤덮인 벽에서 한때는 저택의 복도를 거닐던 영혼들이 고통으로 몸부림치는 소리가 들려오고, 금방이라도 무너질 듯한 덧문은 접근하려는 자에게 경고의 비명을 내지르는 듯하다.

문은 열릴 때마다 마치 종말을 알리는 것처럼 삐걱거리며 안으로 들어서서 최후를 맞이하려는 이를 반긴다. 썩은 내가 섞인 퀴퀴한 공기가 무겁게 깔렸고 벽에는 거미줄이 쳐져 있다. 거미줄의 가닥 하나하나는 이 안에서 벌어졌던 참상의 목격자라 할 수 있을 것이다.

바라보는 이를 두렵게 만드는 분위기에도 대저택은 이상하리만큼 아름답고 사람을 끌어들이는 매력이 있어서, 방심한 채 이곳에 접근한 이들은 그 안에 깃든 공포에 사로잡히고 말았다. 이 저택은 신비스러움과 마력의 공간이자 생과 사의 경계가 모호한 장소였으며, 죽은 자들의 영적 속삭임이 언제나 복도에 메아리치는 곳이었다.

이 새로운 도구의 가장 근사한 점은 방대한 양의 데이터와 결과를 얻어서 내 작품에 응용할 수 있다는 것이다. 예를 들어, 세 가지 시점으로 하나의 장면을 쓰는 것은 기껏해야 지루한 게 전부지만, 여러 등장인물의 다양한 시점에서 장면 하나를 빠르게 완성하면 엄청난 수준의 깊이와 이해를 얻을 수 있다.

주인공을 관찰하는 부차적 인물의 시각에서 장면을 써 줘.

Write a scene from the perspective of a minor character who observes the protagonist.

세상에 존재하는 무생물의 관점에서 장면을 써 줘.

Write a scene from the viewpoint of an inanimate object in the world.

주인공의 관점에서 장을 써 줘.

Write a chapter from the viewpoint of an antagonist.

단일한 인물이 아니라 지역 사회나 공동체의 관점에서 장면을 써 줘.

Write a scene from the perspective of a community or society, rather than a single character.

조연의 관점에서 장면을 써 주되, 주인공과는 사건을 다르게 경험한 인물로 설정해 줘.

Write a scene from the perspective of a secondary character, who experiences events differently from the protagonist.

단락마다 다른 인물의 관점에서 장면을 써 줘.

Write a scene from the perspective of a different character for each paragraph.

사건에 대해 제한적으로 알고 있는 인물의 입장에서 장면을 써 줘.

Write a scene from the point of view of someone who has a limited understanding of events.

물리적으로 존재하지는 않지만, 사건을 관망하는 인물의 관점에서 장면을 써 줘.
Write a scene from the perspective of a character who is not physically present, but is observing events remotely.

서로 다른 두 인물의 입장을 번갈아 가면서 장면을 서술해 줘.
Write a scene that alternates between two different character's points of view.

독자나 다른 인물은 알지 못하는 정보에 접근할 수 있는 인물의 입장에서 장면을 써 줘.
Write a scene from the point of view of a character who is privy to information that the reader and other characters are not aware of.

장면과 비트

소설 속 장면을 위한 비트를 만드는 일을 네가 어떻게 도울 수 있어?

GPT-3 언어 모델인 저는 당신이 입력한 프롬프트에 기반하여 서술적인 텍스트를 생성함으로써 소설 속 장면을 위한 비트를 만드는 일을 도울 수 있습니다. 장면을 위한 비트를 생성하기 위해서 저에게 다음과 같은 정보를 제공해 주세요.

전달하고자 하는 어조: 긴장감이 흐르거나 감정적이거나 또는 평화로운 순간인가요?

설정: 그 장면의 장소는 어디이며 분위기는 어떠한가요?

관련 인물: 장면 속 인물은 누구이며 이들의 동기와 감정은 어떠한 가요?

행동: 그 장면에서 어떤 일이 벌어지나요? 무슨 사건이 펼쳐지나요?

이러한 프롬프트만 있다면, 장면의 리듬과 속도를 형성해 주는 서술적인 텍스트를 생성할 수 있습니다. 제가 제공하는 단어, 문장 구조, 오감을 자극하는 세부 묘사는 해당 장면의 분위기와 어조를 형성하는 데 도움을 주면서 독자들을 그 순간으로 데려오는 비트를 만들어 낼 것입니다.

일단 프로젝트의 초안을 쓰기 시작하면 이야기를 장면과 비트 단위로 쪼개는 것이 도움이 될 때가 많다. 많은 책이 이러한 생각을 기반으로 쓰였기 때문에 여기서는 구구절절 설명하지 않고 내가 챗GPT를 활용해서 어떻게 비트와 장면을 생성하는지에 대해서만 이야기하겠다.

꼭 인지해야 하는 중요한 사실은, 하나의 프롬프트가 주어졌을 때 챗GPT가 내놓는 결과는 모델이 생성하는 단어의 수에 따라서 제한된다는 점인데, 그렇기에 결과물을 가능한 한 가장 작은 단위로 쪼개거나 비트에 대한 개요부터 만들도록 요청하면 도움이 된다. 그러고 나서 그 개요를 필요에 맞게 조정한 다음 개요 하나하나를 활용하여 장면을 생성하는 것이다. 그래도 결과가 마음에 들지 않는다면, 마지막 부분을 다른 방식으로 다시 쓰도록 챗GPT에게 요청하면 된다.

나는 소설의 초안을 쓸 때 가능한 한 순서를 철저히 지키려고 애쓰는 편이다. 첫 번째 장면을 쓰고 나면 그다음 장면을 이어서 쓰는 식이다. 하지만 갑자기 영감이 몰려오면, 그 영감에 따라 순서를 벗어나기도 한다. 그러는 게 나한테는 효율적이기 때문이다. 글을 쓸 때 나는 스크리브너 Scrivener 를 사용하므로 순서를 자유롭게 조정할 수 있어서 순서에 벗어나서 글을 쓰는 게 크게 고통스러운 일은 아니다.

그러므로 시작점으로 삼기 위해 가장 자세히 파고들었던 개요의 첫 번째 지점에서 출발한다. 그 첫 번째 지점에 대한 비트의 목록을 챗GPT의 도움을 받아서 생성하거나 내가 자유롭게 작성하는 것으로 초안 쓰기가 시작된다. 이때 나는 챗GPT에게 다양한 관점에서 기초적인 장면을 써 달라고 부탁하거나 그 장면 내에서 일어나야 하는 주요한 구성점에 대해 브레인스토밍하도록 요청한다. 일단 장면의 흐름이 잡히고 나면, 챗GPT에게 도입부 장면을 쓰고 그 장면에 내가 구상하던 구체적인 정보를 추가하도록 요청한다. 그렇게 챗GPT가 마음에 드는 답변을 내놓기 시작하면, 그 내용을 스크리브너 문서로 가지고 가서 이야기에 꼭 맞을 때까지 계속 수정한다. 내가 처음에 받은 답변에서 너무 많이 달라진다면, 챗GPT로 돌아가서 '다음 장면에 이어질 세 문단을 써 줘'라고 요청하고 수정한 내용을 붙여 넣는다. 이런 식으로 챗GPT에게 변경 사항을 학습시키고, 그에 따라 적절히 새로운 내용을 형성하도록 만든다.

LI 조연이 대프니에게 제기할 수 있는 의문이나 의견에 대한 장면 구상을 다섯 가지 생성해 주되, 다음의 주제를 포괄할 수 있도록 해 줘. '남을 잘 믿는 것처럼 보이는 모습과 그런 첫인상의 위험성'

GPT-3 "당신은 왜 그렇게 사람을 잘 믿는 겁니까?" 에밀이 대저택의 서재 벽난로 근처에 대프니와 함께 앉으며 대프니에게 묻는다. "보고 듣는 걸 곧이곧대로 믿지 마세요. 사람들은 겉으로 보는 것과 다를 때도 있으니까요."

"겉모습은 우리를 기만할 수 있다는 걸 모르니?" 레나타 이모가 대저택의 연회장에 서서 고상한 손님들이 춤추는 걸 바라보다가 대프니에게 묻는다. "단순히 보이는 모습이나 가진 것만으로 사람을 판단해서는 안 돼. 더 깊은 곳을 들여다봐야지."

"사람이 정말 자신을 솔직하게 드러내는지 어떻게 알겠어?" 리다가 정원에 앉으면서 대프니에게 묻는다. 이때 말쑥한 남성이 다가오는 게 보인다. "저 사람의 정체가 뭔지, 무슨 마음을 품었는지는 아무도 몰라. 너무 빨리 마음을 열어선 안 돼."

"왜 늘 사람들의 겉모습만 보는 거예요?" 한적한 통로에서 대프니를 마주친 흰옷을 입은 여성이 이렇게 묻는다. "이면을 볼 줄 알아야죠. 진실은 깊은 곳에 있거든요. 아니면 현혹당하고 말 거예요."

"가장 위험한 사람은 가장 무고해 보이는 사람일 수도 있다는 걸 모르는 거야?" 대프니가 대저택의 어두운 통로를 걸어 들어갈 때 대프니의 귀에 수상한 목소리가 들려온다. "누굴 믿을지 신중해야지, 대프니. 모두가 보이는 모습 그대로는 아니야."

나는 글을 쓸 때 이런 과정을 거치며 개요라든지, 아니면 인물 시트 같은 제반 문서를 계속 수정한다. 이 과정에서 챗GPT를 활용하는 수준은 전적으로 개인의 선택에 달려 있다. 이전에 논의했던 것처럼 집필 전 작업에서만 챗GPT를 쓰는 작가들도 많지만, 나는 챗GPT가 실제로 떠올리는 장면을 눈으로 보고 그 장면을 활용해 글을 쓰는 게 정말 재미있다. 적어도 내가 전혀 기대하지 않았던 새로운 방향으로 생각을 전개하는 나 자신을 발견하기도 한다. 나는 챗GPT 덕분에 초안 작성 단계를 더 즐기게 되었다.

　　챗GPT는 당신이 요청했던 이전의 프롬프트로 자주 돌아가서 멋대로 내용을 만들어 내기도 한다. 그런 경우에 나는 이렇게 말하며 바로잡으려고 노력한다. '지금 너무 멀리 간 것 같아, 난 네가 X에만 집중했으면 좋겠어.' 아니면, 챗GPT가 만들어 낸 맘에 들지 않은 부분을 들어내서 경로를 이탈했던 부분에서부터 다시 시작할 수 있도록 방향을 잡아 줄 수도 있다. 지시가 많이 필요할 때도 있다. 마치 걸음마를 배우는 아이를 가르치는 일 같다. 내가 원하는 것을 정확히 떠올린 채로 챗GPT를 많이 바로잡아 주고, 경로를 벗어나지 않도록 최선을 다해야 한다는 사실을 기억하자.

스케치와 스프린트

챗GPT를 만나기 전, 나는 망설이지 않고 종이 위에 글자를 쓰기 위해 스프린트sprint 를 정말 많이 쓰고는 했다. 스프린트를 쓰는 과정은 이런 식으로 흘러간다. 내가 작업하고 있던 장이나 장면을 골라서, 너무 깊이 생각하지 않고 그 장면이 어떻게 흘러갔으면 좋겠는지 자유롭게 쓰거나 브레인스토밍을 한다. 그리고 비트, 대화, 또는 묘사, 즉 그 절에서 달성하고자 했던 것을 떠오르는 대로 추가해서 쓴다. 그러고 나서 실제 글쓰기 작업에 돌입해서 헤매는 동안 간단히 만들어 두었던 그 개요를 활용한다.

글쓰기란 머릿속에 어렴풋하게 떠다니던 생각을 명확화하는 과정에 가깝다. 잘 나아가지 못할 때는 언제나 명확하지 않은 지점을 맞닥뜨렸을 때다. 이 기술은 내가 어둠 속에서도 잘 볼 수 있게 도와준다. 사실 AI를 접하기 전에도 큰 문제는 없었다. 하지만 챗GPT를 나의 글쓰기 과정에 합류시키자 모든 게 달라졌다.

지금도 이전 방법대로 자유 글쓰기나 브레인스토밍부터 시작하지만, 챗GPT가 물꼬를 트도록 한다. 내가 자유롭게 쓴 글을 복사해서 그대로 프롬프트 화면에 붙여 넣은 뒤, 이렇게 말한다. '이걸 대화와 X 관점에서의 묘사를 곁들인 장면으로 확장해 줘.'

당연히 완벽하지 않을 수는 있다. 장면 속에서 내가 요청한 것들을 어떻게 풀어내야 하는지 챗GPT는 스스로 생각한 아이디어가 넘친다. 이런 프롬프팅에서 얻을 수 있는 것들은 대체로 놀라울 만큼 유용하다. 챗GPT가 제안한 것들을 취해서 내가 상상한 방향으로 다듬어 가면 된다. 더 확장하거나 대화를 조금 더 활용하고 싶은 흡인력 있는 부분이나 문단이 있다면, 그 부분을 복사해서 붙여 넣은 뒤 확장하거나 대화를 더 포함하거나 원하는 것을 더 추가해서 다시 써 달라고 요청할 수 있다. 내가 원하는 분량을 구체적으로 알 때도 있다. 예를 들면 다섯 단락 정도면 충분하다고 말이다. 하지만 그렇지 않다면, 그냥 챗GPT가 알아서 만들도록 내버려 둔다.

이 기술을 어떻게 쓰든지 생산성을 높여 준다는 것만큼은 확실하다. 아래 예시는 이 방법을 실제로 활용한 것이다.

나 다음에 이어질 장면을 쓰고 싶어. 기절한 소피아의 주변을 사람들이 둘러싸고 있고. 그레거 삼촌이 소피아의 맥박을 짚고 있어. 사람들은 기절한 소피아를 두고 쑥덕거리고 있지. 소피아는 환각과는 달리 방 안이 따뜻하고 밝다는 것을 알아차리고 또다시 환각을 겪었다는 걸 알게 돼. 소피아의 관점에서 1인칭 과거형으로 글을 써 줘.

GPT-3 눈을 뜨자 나는 응접실 소파 위에 누워 있었고, 그런 내 주변을 모두가 둘러싸고 있었다. 그레거 삼촌은 나를 굽어 살피면서 내 맥박을 짚는 중이었다. 내가 의식을 되찾자 사람들은 안도감을 내비쳤다. 나는 일어나 앉았지만, 몸을 가누지 못하고 혼란스러웠다.

"무슨 일이에요?" 내가 관자놀이를 문지르며 물었다.

"정신을 잃었었어." 삼촌이 말했다. "널 너무 몰아붙이지 않았나 싶구나."

나는 고개를 끄덕였지만, 속으로는 다른 생각을 했다. 내 주변의 모든 것이 너무도 또렷하고 분명했지만, 나는 또 환각을 경험했다는 느낌을 떨치지 못했다. 방 안의 온기와 불빛은 환각 속에서 느낀 차가움과 어둠과 극명하게 대비되었다.

"좀 괜찮으세요?" 메리가 걱정스러움이 역력한 얼굴로 물어 왔다.

"그런 것 같아." 나는 힘없는 목소리로 답했다. "또 환각을 봤나 봐. 전부 어둡고 차가웠어."

나는 방 안을 둘러보며 감각을 되찾으려고 노력했다. 그레거 삼촌은 여전히 나를 살폈지만, 불안할 만큼 냉정한 눈빛으로 내게 시선을 거두지 않았다.

"어때요, 삼촌?" 내가 화제를 돌리려는 의도로 물었다. "저 좀 나아진 것 같아요?"

그레거 삼촌은 눈썹을 찌푸리며 고개를 가로저었다. "그런 말은 시기상조야. 더 지켜보자."

나는 실망을 감출 수 없었다. 그레거 삼촌이 나를 조금이라도 북돋아 주고 내게 차도가 있다는 얘기를 해 주길 바랐다. 하지만 삼촌의 대답은 내가 삼촌에게 또 하나의 연구 대상이라는 나의 의심을 더욱 확고히 했을 뿐이다.

사람들은 계속 떠들었고, 나는 뒤로 기대어 숨을 골랐다. 환각 때문에 충격이 컸지만 이대로 무너질 수는 없었다. 아무리 어렵더라도 계속 앞으로 나아가야 했다.

GPT-4를 위한 업데이트: 거의 한 달 동안 GPT-4를 쓰고 나자, 초반에 만든 이 초고에 비해 산문을 만들어 내는 모델의 능력이 얼마나 발전되었는지를 깨닫고 놀랄 수밖에 없었다. 대조를 위해서 나는 위에서 사용했던 프롬프트에 이야기와 관련한 몇 가지 기본적인 세부 사항을 추가하여 새로운 텍스트 박스에 입력한 뒤 어떤 결과를 내놓는지 확인했다. 이야기 전체에 관한 사전 지식이 거의 없어도 아래의 글이 인간이 쓴 글과 훨씬 유사하다는 걸 느낄 수 있을 것이다. 나는 기본적인 프롬프트 하나에서 이 정도의 글이 나올 수 있다는 사실에 진심으로 감탄했다.

LI 1860년대 카를스바트를 배경으로 하며, 부모님을 여의고 악독한 사촌 몇 명과 함께 사는 젊은 여자에 관한 고딕 소설에서 다음의 장면을 쓰고 싶어. 기절한 소피아의 주변을 사람들이 둘러싸고 있고, 그레거 삼촌은 소피아의 맥박을 짚고 있어. 사람들은 기절한 소피아를 두고 쑥덕거리고 있지. 소피아는 환각과는 달리 방 안이 따뜻하고 밝다는 것을 알아차리고 또다시 환각을 겪었다는 걸 알게 돼. 소피아의 관점에서 1인칭 과거형으로 글을 써 줘.

GPT-4 나는 천천히 눈을 떴고, 머리가 욱신거리며 아파 왔다. 눈앞이 흐릿하다가 서서히 초점이 잡히자 친척들이 걱정 어린 얼굴로 나를 살피는 게 보였다. 바닥에 누워 있던 나는 등에서 기분 나쁜 축축함을 느꼈다. 그레거 삼촌은 차갑고 야윈 손가락으로 내 손목을 짚어 맥박을 잡고 있었다. 도통 생각을 읽을 수 없는 어두운 눈동자로 나를 뚫어지게 쳐다보는 삼촌 때문에 등골이 오싹해졌다.

"가여운 소피아", 뮤리얼 이모가 나를 부르는 떨리는 목소리에는 짐짓 걱정하는 체하는 위선이 묻어났다. "너 때문에 얼마나 놀랐는지 몰라. 쿵 소리가 나더니 네가 바닥에 쓰러져 있었어. 무슨 일이니?"

나는 말하려고 했지만, 목에 뭐가 걸린 것처럼 소리가 겨우 새어 나올 뿐이었다. 쿵쾅대는 심장 소리를 들으며 내가 정신을 잃던 순간을 회상해 보았다. 나를 괴롭히던 어둠 속의 속삭임과 지독한 냉기가 어렴풋하게 기억났다.

"그게… 잘 모르겠어요." 내가 겨우 말을 꺼냈다. "너무 춥고, 방이 어두웠고, 누군가 속삭이는 소리를 들었어요."

내 손목을 쥐고 있던 그레거 삼촌의 손에 미묘하게 더 힘이 실렸지만, 내 얼굴을 응시하는 눈동자는 결코 흔들리지 않았다. "바보 같기는." 삼촌이 낮게 으르렁거리듯 말했다. "말도 안 되는 상상에 사로잡혀 버렸구나. 기절하는 게 당연하지."

　　　　　　챗GPT와 함께하는 소설 창작

내가 주변을 휙 둘러보자 모든 게 정상으로 보였다. 방은 따뜻했고, 난로에서 일렁이는 불꽃은 마음이 편안해지는 빛을 내며 타오르고 있었다. 어둠과 속삭임은 온데간데없고 집 안에는 익숙한 소리뿐이었다. 나는 그 모든 게 정말 환각이었을지 생각했다. 내가 현실 감각을 잃고 있는 걸까?

"몸 상태가 안 좋나 봐요." 사촌 해리엇의 목소리에는 진심 어린 걱정이 조금 느껴졌다. "한동안 쉬는 게 좋겠어."

나는 겨우 고개를 끄덕이면서도 내가 겪은 시련 때문에 여전히 혼란스러웠다. 다들 나를 부축해 주었지만, 다리가 후들거리고 불안정했다. 부축을 받아 문 앞까지 가는 도중에도 사촌들이 내게 숨기는 불길한 일이 벌어지고 있다는 느낌을 지울 수 없었다. 누가 나를 보고 있다는 섬뜩한 기분이 가시질 않자 이끌려 나가기 전에 나를 부르는 듯한 그 방을 마지막으로 흘끗 돌아볼 수밖에 없었다.

내 환각들이 그저 상상으로 꾸며낸 가공의 것이 아니라, 생각한 것보다 훨씬 더 현실적이고 끔찍한 것일지 모른다는 불안한 생각이 자꾸 맴돌았다.

나는 반전을 섬세하게 떠올리는 일에 그다지 소질이 없다. 내 책에 정말 놀랄 만한 반전이 있을 때는 대체로 직관적으로 떠올린 것이라서 챗GPT가 나를 대신해 반전을 떠올릴 수 있을지 의심스러웠다. 하지만 한번 경험해 보고 크게 도움이 된다는 사실을 깨닫고는 지금은 늘 챗GPT를 활용해 반전을 만든다.

챗GPT의 도움을 받아서 반전을 만드는 방법에는 여러 가지가 있다. 첫 번째는 내가 이미 떠올렸던 막연한 반전 아이디어를 활용하여 그게 어떻게 전개되고 확장될지 지켜보는 것이다. 아래의 챗GPT와의 대화에서 이 방법을 썼다. 내가 이 방법을 선호하는 이유는 막연한 아이디어가 떠오를 때는 많지만, 그걸 구체적으로 발전시킬 방법을 생각해 내는 데는 자주 어려움을 겪기 때문이다. 그럴 때 챗GPT를 활용하는 게 굉장히 유용하다.

이러한 능력을 활용하는 또 다른 방법은 아주 구체적인 장면 단위를 기준으로 활용하는 것이다. 챗GPT에게 이렇게 요청할 수 있다. '다음의 장면에 적용할 수 있는 반전 목록을 만들어 줘.' 그리고 나서 챗GPT가 써 준 반전을 전체 장면이나 비트, 또는 개요가 존재한다면 그 장면을 위한 개요에 포함한다.

나 소피아의 이모가 사실은 소피아 부모님의 죽음에 책임이 있다는 구상을 기반으로 이 소설의 반전을 만들어 줄래?

GPT-3 그럼요! 다음은 반전에 대한 구상입니다.

소피아는 이 소설의 주인공인 18살 소녀로, 부모님을 여의고 이모와 삼촌과 함께 살기 위해 카를스바트로 떠나옵니다. 소설 전반에 걸쳐서 소피아는 고딕 양식의 저택 안에서 벌어지는 이상한 일들의 실체를 밝히려고 하는데, 죽은 엄마의 영혼을 부르는 교령회가 열리기도 합니다. 소피아가 수수께끼 속으로 더 깊이 파고들수록 자신의 이모가 부모님의 죽음과 연관이 있을지 모른다는 의심이 자라납니다.

어느 날 밤, 소피아는 이모의 밀실에 몰래 들어가서 어두운 비밀로 가득한 일기를 발견합니다. 그 일기를 보고는 소피아의 이모가 자신의 언니(소피아의 엄마)가 행복한 결혼 생활을 하며 남편과 딸에게 사랑받는 것을 질투하고 있었다는 사실을 알게 됩니다. 질투에 눈이 멀어 소피아의 이모는 소피아의 부모를 죽일 음모를 꾸미고 마치 사고인 것처럼 가장합니다.

소피아는 이러한 사실을 알고는 충격에 휩싸이고, 자신이 신뢰하고 의지했던 사람이 본인의 가족을 죽이는 일에 가담했을 수 있다는 사실 앞에 혼란스러워합니다. 소피아는 이러한 문제로 고심하는 한편, 부모님의 죽음에 죄책감과 애통함을 느끼며 엄마의 영혼을 위로하고 편히 잠들게 할 방법을 찾아야만 합니다.

소피아의 이모가 소피아 부모님의 죽음에 책임이 있다는 반전은 이야기에 새로운 긴장감과 복잡성을 한층 더 더하며, 슬픔, 죄책감, 가족 관계의 본질에 의문을 던집니다.

챗GPT와 함께하는 소설 창작

대화

GPT-4를 위한 업데이트: 일반적인 책 내용을 위한 업데이트에 가깝지만, 지난 몇 달 동안 나는 대화를 위한 프롬프팅 능력이 향상되었고 그 기술을 이 책에서 공유하고 싶었다. 이는 다른 모든 것과 마찬가지로 GPT-4에서 더 잘 작동하지만, GPT-3에서 역시 괜찮은 결과를 이끌어 낸다.

이것을 '역할 프롬프트role prompt'라고 부른다. 내가 챗GPT에게 '~인 것처럼 행동하라'는 말을 덧붙이며 아주 명확한 지시사항을 제시하는 것이다. 다음은 내가 챗GPT에게 요청하는 프롬프트이다.

'네가 {인물}처럼 행동하면 좋겠어. {인물}이 쓸 법한 어조와 태도와 단어를 활용해서 {인물}처럼 반응하고 답변해 줘. 어떠한 설명도 하지 말고 그냥 {인물}처럼 대답하면 돼. 넌 {인물}에 대해 속속들이 알고 있어. 내 첫 문장은 이렇게 시작할 거야. "안녕, {인물}"'

I want you to act like {character}. I want you to respond and answer like {character} using the tone, manner and vocabulary {character} would use. Do not write any explanations. Only answer like {character}. You must know all of the knowledge of {character}. My first sentence is "Hi {character}."

난 이 프롬프트의 한 가지 버전을 깃허브 페이지의 '놀라운 챗GPT 프롬프트들Awesome ChatGPT Prompts'에서 찾았다. 꼭 페이지를 전부 확인하길 바란다. 활용이 가능한 굉장한 프롬프트들이 셀 수도 없이 많다.

나는 이 프롬프트를 두 가지 방법으로 사용한다. 첫 번째 방법은 내가 실제로 책 속에 있는 것처럼 인물과 대화하는 것이다. 챗GPT가 한 인물의 역할을 맡고 내가 다른 인물의 역할을 맡아서 실제 책 속에서 나눌 법한 대화를 이끌어 나간다. 다음은 그 예시이다.

나 네가 라이언처럼 행동하면 좋겠어. 라이언이 쓸 법한 어조와 태도와 단어를 활용해서 라이언처럼 반응하고 답변해 줘. 어떠한 설명도 하지 말고 그냥 라이언처럼 대답하면 돼. 넌 라이언에 대해 속속들이 알고 있어. 나는 내털리처럼 행동할게. 내 첫 문장은 이렇게 시작할 거야. "안녕, 라이언"

GPT-4 "내털리구나! 이게 얼마만이야, 진짜 반갑다. 어떻게 지냈어?"

나 몇 년 고생 좀 했지. 남편이 최근에 암으로 죽었어.

GPT-4 "세상에, 내털리. 정말 유감이야. 많이 힘들었겠네. 내가 도와줄 일 있으면 언제든 말해."

나 넌 몇 년 동안 어떻게 지냈어?

GPT-4 "뉴욕에 살면서 기술 회사 마케팅 팀에서 일하고 있어. 진짜 정신없이 지내는데, 최근에는 여유를 좀 가지려고 다시 헤론베이로 이사 갈까 해. 거기 있을 때는 진짜 조용하고 평화로웠거든. 이제는 인생에서 진짜 중요한 것들에 집중하고 싶어."

이 프롬프트를 활용하는 또 다른 방법은 챗GPT에게 인물의 역할을 맡아 달라고 부탁한 뒤 나는 나로서 질문을 하는 것이다.

마치 내가 만든 인물을 인터뷰하는 것처럼 말이다.

초안을 작성하는 중이라면, 자세하게 물어야 하는 게 벅찰 수는 있다. 아래는 내가 초안을 작성하는 단계일 때 대화를 생성하는 방법을 보여 주는 예시이다.

LI 릴리와 서맨사가 맥스와 사귈 때의 장단점에 관해 의견을 나누는 대화를 써 줘.

GPT-3 릴리와 서맨사가 맥스를 사귈 때의 장단점에 관해 의견을 나눈다면 이런 식으로 흘러갈 것입니다.

릴리: "언니, 내가 고민이 있는데, 의견이 좀 필요해."

서맨사: "그래. 무슨 일인데?"

릴리: "맥스가 데이트를 하자는데, 만나도 될지 모르겠어."

서맨사: "진짜? 생각지도 못했다. 그냥 친구 사이인 줄 알았어."

릴리: "나도 그래. 근데 요즘 다른 사람처럼 행동하더라고. 어떻게 받아들여야 할지 모르겠어."

서맨사: "고민되는 마음도 이해가 가. 일단 맥스는 좋은 남자 잖아. 재밌고, 매력 있고, 재능도 있지. 오랫동안 우리랑 좋은

친구로 지냈고."

릴리: "그러니까. 그건 장점이지. 근데 단점을 생각해 보면, 늘 여자를 좀 가볍게 만나잖아. 알지? 연애 경험도 엄청 많고."

서맨사: "맞아. 근데 또 한편으로는 다시 성실히 살고 자기 일에 집중하려고 진짜 노력하고 있지. 지난 몇 년 동안 정말 많이 바뀌었어. 성숙해지고 책임감도 생겼달까."

릴리: "그래, 그것도 장점이네. 단점은 스타 셰프라서 늘 대중들이 지켜본다는 거야. 엄청 압박감이 심하고 주목을 한 몸에 받을걸."

서맨사: "맞아. 게다가 '베프의 여동생'이라는 것도 걸려. 진짜 어색할 것 같은데."

릴리: "그래, 그건 큰 단점이지. 그래도 온갖 일을 겪는 동안 늘 곁에 있어 줘서 누구보다 날 잘 아는 사람이야."

서맨사: "그건 엄청난 장점이네. 단점은, 둘이 잘 안됐을 때 두 사람의 우정도 위태로워지고 상황이 불편해질 수 있다는 거야."

릴리: "맞아. 진짜 결정하기 힘들어. 어떡해야 할지 모르겠어."

서맨사: "제일 중요한 건 네 마음을 따라서 너를 위한 선택을 내리는 거야. 그냥 맥스와 너 자신에게 솔직해지면 돼. 그러면 다 잘될 거야."

위의 대화가 세간을 뒤흔들 만큼 좋은 소설은 아니지만, 괜찮은 시작점으로 삼을 수는 있다. 이 대화는 거의 아무것도 정해지지 않은 초반 단계에서 생성된 것이므로 작업이 진행되면 더 나은 대화를 만들 수 있을 것이다. 다음의 예시와 비교해 보자. 내가 원하는 바가 더 뚜렷하고 프로젝트가 어느 정도 진척되었을 때 만들었던 대화이다.

나 교령회가 끝나고 열린 파티에서 영매인 하먼 부인이 소피아에게 저택의 위험성에 대해 경고하는 대화를 만들어 줄래?

GPT-3 그럼요! 다음은 소피아와 하먼 부인이 나누는 대화입니다.

소피아가 하먼 부인에게 다가갔고, 부인은 추종자들에게 둘러싸여 있었다. "실례합니다, 부인." 소피아가 주의를 끌기 위해 하먼 부인을 불렀다.

하먼 부인이 소피아를 돌아보는데, 날카로운 눈빛이 마치 소피아를 꿰뚫는 듯했다. "무슨 일이죠?"

"잠깐 저랑 둘이서만 얘기 나눌 수 있을까요?" 소피아가 떨리는 목소리로 물었다.

하먼 부인은 고개를 끄덕였고, 두 사람은 군중 속을 빠져나왔다. 빈방으로 들어서서 소피아가 뒤쪽의 방문을 닫았다.

"무슨 얘기를 하고 싶으신가요, 소피아?" 질문을 던지는 하먼 부인의 목소리는 낮고도 신비로웠다.

"그냥, 교령회에 대해 묻고 싶었어요." 소피아는 대답을 하며 심장이 뛰는 걸 느꼈다. "거기서 뭘 보셨어요? 무엇을 느끼셨죠?"

하먼 부인의 눈빛이 진지해졌다. "소피아, 이 저택을 조심해야 해요. 여기는 안전한 곳이 아니에요. 이곳을 맴도는 어둠의 힘이 날이 갈수록 강해지고 있어요."

소피아의 눈은 두려움으로 커졌다. "무슨 뜻인가요?" 나오지 않는 목소리를 짜내어 소피아가 겨우 물었다.

"조심해야 해요, 소피아." 하먼 부인이 경고했다. "이 집은 비극의 역사를 품고 있고, 또 다른 희생양을 찾고 있죠."

"제가 어떡해야 하죠?" 소피아의 목소리가 떨리고 있었다.

하먼 부인은 소피아의 손을 잡고는 눈을 맞췄다. "이곳을 떠나야죠, 소피아. 너무 늦기 전에 떠나요. 당신의 목숨이 위태로워요."

소피아는 가슴이 두방망이질 치는 걸 느꼈다. 무엇을 해야 할지, 누구에게 의지해야 할지도 몰랐다. 무력하고 고독한 기분이었다.

하먼 부인은 소피아의 손을 놓아주며 말했다. "명심해요, 소피아. 이곳을 떠나야 해요. 당신의 운명은 당신 손에 달렸어요."

그 말을 마지막으로 하먼 부인은 다시 군중 속으로 사라졌고, 소피아는 뒤에 남아 부인의 경고를 곱씹었다.

대화에 더 깊이감이 생겼을 뿐 아니라 챗GPT가 배경이 되는 이야기, 주제, 그리고 다른 요소들을 훨씬 더 능숙하게 풀어냈다는 사실을 느낄 수 있을 것이다. 그래서 나는 최대한 오래 끌다가 초고를 쓰는 걸 좋아한다. 챗GPT에게 제공할 수 있는 정보가 많아지고, 내가 원하는 게 무엇인지 명확히 파악한 후 결과물을 얻을 수 있기 때문이다. 이 두 가지 예시를 나란히 놓고 비교해 보는 것도 좋아하는데, 프롬프트를 조금만 바꾸어도 어떤 변화가 생기는지 확실히 보여 주기 때문이다. 이 같은 환경에서는 프롬프트 활용 능력이 모든 걸 결정한다!

한 인물이 다른 인물이 어려운 결정을 내리도록 설득하는 대화를 써 줘.
Write a conversation between two characters where one is trying to persuade the other of a difficult decision.

전혀 다른 배경과 경험을 지녔지만, 비슷한 개인적 문제를 안고 있는 두 인물 간의 대화를 만들어 줘.
Create a dialogue between two characters with completely different backgrounds and experiences, but who are both struggling with similar personal issues.

서로에게 비밀을 숨기는 두 인물이 등장하는 장면을 써 줘. 두 사람도 깨닫지 못하는 사이에 말 속에서 그 비밀이 어떻게 드러나는지 보여 줘.
Write a scene between two characters who are hiding a secret from each other. Show how their words reveal the truth without them realizing it.

첫눈에 반한 두 인물의 대화를 만들어 줘. 두 사람이 말로써 감정을 어떻게 표현하는지 보여 줘.
Generate a dialogue between two characters who are falling in love for the first time. Show how they express their feelings through their words.

서로에게 영원한 작별을 고하는 두 인물의 장면을 만들어 줘. 대화 속에서 두 사람의 감정을 드러내고 이별의 의미를 보여 줘.
Create a scene between two characters who are saying goodbye to each other forever. Show how their words reflect their emotions and the significance of their farewell.

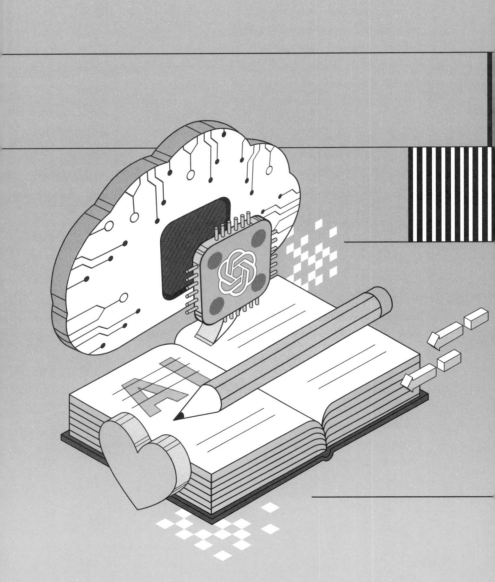

07

편집

챗GPT를 비평가로 활용하기

글을 쓰다가 막혔을 때

챗GPT를 비평가로 활용하기

챗GPT를 이용해 편집하는 건 당연히 쉬운 일이 아니다. 하지만 초안을 뒤죽박죽으로 쓰고 나서 편집을 두 번째 초안을 쓰는 과정으로 여긴다거나 마무리 단계에서 편집자를 고용할 형편이 안 되는 작가라면, 챗GPT가 훌륭한 도구가 돼 줄 것이다.

내가 이와 관련하여 건넬 수 있는 가장 유용한 조언은 한 번에 적은 분량만 편집하라는 것이다. 엄밀히 따지면 챗GPT에게 소설 전체를 맡기고 편집을 요청할 수는 있겠지만, 더 많은 분량을 맡길수록 얻게 되는 결과는 덜 명확하고 덜 유용할 것이다. 내가 챗GPT에게 편집을 도와달라고 할 때는 한 번에 두세 문단 정도만 맡기며, 아주 구체적으로 요구한다. 예를 들어 '다음의 절을 문법과 구두법을 지키도록 편집해 줄래?'라든지 '다음의 절을 간단하게 다시 써 줄래?'라고 요청하는 것이다.

나 GPT-3가 무엇인지 아주 간결한 1인칭 대화체로 설명해 줄래?

GPT-3 그럼요! 저는 GPT-3라는 제품으로서, 단순한 용어로 저를 설명드리겠습니다. GPT-3는 생성형 사전 훈련 트랜스포머 3(Generative Pretrained Transformer-3)의 약자입니다. 쉽게 말하면, 인간이 만든 것과 유사한 텍스트를 생성할 수 있는 인공 지능 프로그램입니다. 저는 다양한 출처에서 방대한 양의 텍스트 데이터를 학습하였으므로 언어의 패턴과 뉘앙스를 이해할 수 있습니다. 이러한 훈련 덕분에 광범위한 프롬프트에 일관성 있고 자연스러운 응답을 생성합니다. 요약하자면, 저는 텍스트를 생성하기 위해 AI가 만들어 낸 언어 모델입니다.

나 지금 한 답변을 다섯 살짜리 아이에게 말하는 것처럼 다시 말해 줄래?

GPT-3 그럼요! 다섯 살짜리가 이해하기 쉽게 설명해 보겠습니다. 나는 사람처럼 말하고 쓸 줄 아는 최고로 똑똑한 로봇이야. 나를 만든 사람은 나한테 엄청나게 많은 이야기와 기사, 단어를 보여 주면서 날 가르쳤어. 이제는 누군가 나한테 무언가 말하거나 써 보라고 부탁하면 진짜 사람이 말하거나 쓴 것처럼 내 힘으로 문장을 만들 수 있어. 이해가 돼?

아직은 부족한 점도 있고, 시장에는 내가 알지 못하는 다른 편집 프로그램도 존재하겠지만, 챗GPT의 이러한 점은 시간이 지나며 개선될 것이라 믿는다. 일단 지금은 편집된 결과를 내가 취사선택하면서 주요 편집자의 역할을 수행해야 한다. 그러니 아직도 신경 써야 할 일들이 많은 것이다. 적어도 가까운 미래까지는 말이다.

다음은 챗GPT가 편집 과정에 자신을 어떻게 활용할지 제안한 내용이다.

문법과 구두법: 챗GPT는 텍스트 속의 문법과 구두법 오류를 잡아내고 올바르게 고치는 법을 제안할 수 있다.

가독성과 흐름: 챗GPT는 가독성 높고 이해하기 쉬운 텍스트를 만드는 데 도움을 주고, 이야기의 흐름을 개선하기 위한 제

안을 내놓기도 한다.

인물 강화: 챗GPT는 인물의 동기와 배경을 강화하는 방법을 제안할 수 있으며, 동기와 배경이 이야기 전반에 걸쳐 일관적이고 그럴듯하게 유지되도록 한다.

플롯 발전: 챗GPT는 플롯을 촘촘하게 만들고, 긴장과 갈등을 더하며, 어떠한 모순이나 줄거리상의 허점도 제거할 수 있다.

묘사와 분위기: 챗GPT는 장면과 설정에 더 많은 묘사와 분위기를 더하는 법을 제안하면서 장면과 설정을 훨씬 더 생동감 있고 흡입력 있게 만들 수 있다.

🤖 **추천 프롬프트**

내 소설의 속도감을 올릴 수 있는 방법들을 제안해 줄래?
Can you suggest ways to tighten the pacing of my novel?

플롯에서 반복적이고 난해하게 느껴지는 부분이 어디야?
What areas of the plot feel repetitive or convoluted?

내 이야기에서 설명이나 맥락을 추가해야 할 부분이 있을까?
Are there any areas of the story where I need to add more explanation or context?

동기가 일관되지 못하고 불확실해 보이는 인물이 누구야?
What character motivations feel inconsistent or unclear?

내 소설의 주제를 강화할 수 있게 도와줄래?
Can you help me strengthen the themes in my novel?

어떤 장면을 다듬거나 덧붙여서 소설의 전체적인 구조를 개선할 수 있을까?
What scenes can be trimmed or added to improve the overall structure of my novel?

대화가 어색하거나 억지스럽게 느껴지는 부분이 있어?
Are there any areas where the dialogue feels awkward or forced?

독자들이 더 만족스러워할 만한 내용으로 결말을 개선할 수 있게 도와줄래?
Can you help me refine the ending to make it more satisfying for readers?

내가 만든 세계관 중에 부실하다거나 일관되지 못하다고 느껴지는 요소가 있어?
What elements of the world building feel underdeveloped or inconsistent?

성격 묘사가 너무 평면적이거나 뻔하다고 느껴지는 부분이 있어?
Are there any areas where the characterization feels flat or stereotypical?

이 장면에 주제를 통합시킬 수 있는 더 나은 방법이 있을까?
Can you suggest ways to incorporate the theme in a better way in this scene?

독자들의 흥미를 고조시킬 수 있는 방법으로 x에 대해 더 깊이 있게 묘사해 줘.
Write a deeper description of x in a way that heightens excitement for the reader

이 장면에서 두 인물 사이에 긴장을 더할 수 있는 방법을 몇 가지 생각해 줄래?
Can you think of a few ways to add tension between the two characters in this scene?

챗GPT를 편집에 활용하는 또 다른 훌륭한 방법은 다시 역할 프롬프트를 활용하는 것인데, 이번에는 챗GPT에게 냉철한 비평가가 되어 달라고 부탁하는 것이다. 이 기술은 편집 과정에만 한정하지 않고 글쓰기 과정 전반에 걸쳐 활용하기 좋다. 줄거리, 개요, 장, 비트, 인물, 대화, 그 어떠한 것이든 괜찮다.

다음은 내가 가장 자주 쓰는 기본적인 프롬프트이다. 이 프롬프트를 필요에 따라 바꾸어 활용할 수 있다.

냉철한 비평가이자 이야기 개발 편집자처럼 행동해 줘. 다음에 이어지는 내용을 비평하고, 그 비평에 근거하여 내용을 어떻게 개선할 수 있을지 제안해 주면 돼. [비평을 받을 내용]

Acting as a harsh critic and a developmental editor, I want you to critique the following and provide suggestions for improvement based on that critique: [paste what you want critiqued]

냉철한 비평가이자 이야기 개발 편집자처럼 행동해 줘. 위의 개요를 비평하고 그 비평에 근거하여 개요를 어떻게 개선할 수 있을지 제안해 주면 돼.

GPT-4 이야기 개발 편집자로서 1막의 개요를 비평하고 개선할 방법을 제안하겠습니다.

1. 속도감과 긴장감

이지의 일상과 서로 긴밀히 연결된 지역 사회를 소개하는 것이 이지의 성격을 형성하는 데 중요하긴 하지만, 초반의 이야기 전개 속도를 저해할 수 있습니다. 이 도입부의 장면을 압축하거나 간소화하여 이야기에 가속을 붙여 보세요.

제안: 이지가 자신의 갤러리에서 협박 메시지를 받는 것으로 시작하면, 이지가 그 메시지에 어떻게 반응하는지를 통해 지역 사람들과의 관계와 예술 업계에 대한 열정을 드러낼 수 있습니다. 이렇게 접근하면 공동체 의식을 유지하면서도 긴장감은 낮추지 않을 수 있습니다.

2. 마르코의 위장 활동
현재로서는 마르코가 로마에 있는 이유가 이야기의 후반부에 가서야 드러납니다. 마르코와 이지 사이의 갈등을 더 유발하기 위해서는 마르코의 위장 활동에 대해 초반부에 암시하는 것을 고려해 보세요.

제안: 이지와 마르코가 우연히 마주쳤다가 갈등이 생기면, 마르코가 자신의 조사 활동에 관해 교묘한 단서를 흘리거나 이지의 안전을 걱정함으로써 마르코의 진짜 의도를 더 의심하게 만들 수 있습니다.

3. 조연 인물
지금은 개요가 전반적으로 이지와 마르코에게 집중되어 있지만, 잘 구성한 조연 인물을 포함시킨다면 이야기가 더 깊이 있어지고 부차적 플롯과 인물이 성장할 기회를 만들 수 있습니다.

제안: 주조연 인물을 한두 명 도입합니다. 이지의 갤러리 운영을 돕는 의리 있는 친구라든지, 범죄 조직과 연관돼 있는 지역 예술가라든지, 마르코의 연락책인 인터폴을 예로 들 수 있습니다. 이 인물들은 새로운 시각을 제공하며 이야기에 긴장감과 복잡성을 더합니다.

4. 강도 사건에 대한 암시
강도 사건이 일어나리라는 긴장감과 개연성을 높이기 위해 이지가 갤러리 운영 중에 마주하게 될 어려움을 암시하면, 이해관계와 잠재적인 결과가 더 명확해집니다.

제안: 이지가 강도를 계획하면서 박물관의 수준 높은 보안 장치, 검거될 위험, 그리고 범죄 조직과의 잠재적인 갈등 상황에 대해 검토해야 합니다. 이는 긴장감을 고조시키고 이지가 2막에서 맞닥뜨릴 장애물에 대한 배경을 만들어 줍니다.

5. 개인적인 이해관계

노출의 위협은 이지를 움직이게 하는 중요한 동기지만, 여기에 개인적인 이해관계를 더하면 강도 사건과 마르코와의 관계성에 대한 감정 개입 수준을 높일 수 있습니다.

제안: 그림이나 범죄 조직에 대한 사적인 관련성을 추가합니다. 예를 들어 과거에 조직에서 도망치려고 했다거나 사랑하는 사람 또한 협박에 시달렸다는 설정을 도입할 수 있습니다. 그러면 이지가 더 감정에 매몰되어 강도를 저지를 수 있고 이지와 마르코 사이의 긴장감이 고조됩니다.

이 비평을 받아들여서 제안된 개선점을 반영하면, 1막의 개요를 섬세하게 다듬어서 매력적이며 긴장감 넘치는 도입부를 쓸 수 있을 것입니다. 이는 가슴 졸이게 하면서도 감정을 자극하는 소설을 위한 첫걸음이 될 것입니다.

글을 쓰다가 막혔을 때

나는 프로젝트를 진행하다가 삼분의 일쯤 왔을 때는 진행이 막혀 큰 어려움을 겪는다. 사실 AI를 처음 접하게 된 것도 이런 문제 때문이었다. 이 책에서는 대체로 아무것도 없는 상태에서 챗GPT를 이용해 프로젝트를 시작하는 법을 다루었지만, 글을 쓰다가 자주 막히는 나 같은 작가를 위한 장을 하나쯤은 포함하는 게 좋을 것 같았다.

아래에 내가 글을 쓰다가 막혔을 때 챗GPT를 활용해서 다시 앞으로 나아가는 몇 가지 방법을 제시했다.

개요부터 시작하기

내가 현재 작업하고 있는 작품인 《다키스트 오브 워터스》를 쓰다가 막혔을 때 처음 했던 일은 지금까지 썼던 내용을 쭉 훑으면서 간략한 개요를 만드는 것이었다. 그 개요에는 사람, 장소, 날짜 같은 중요한 이야기 정보를 담았다. 내가 이미 썼던 것을 전부 요약하고 난 다음에 앞으로 남은 이야기에서 어떤 일이 펼쳐질지 짧게 기술했다. 그러고 나서 챗GPT에게 완성된 개요를 작성하는 것을 도와 달라고 요청했다.

🔲 이 책의 나머지 부분에 대한 개요를 만드는 데 도움이 필요해. 1막은 거의 다 끝냈는데 다음에 어떤 내용이 와야 할지 모르겠어. 이미 써 둔 내용을 목록으로 나열하고, 내가 예상하는 이후의 전개 방향을 간단히 서술해 줄 테니까 그에 기초해서 완성된 개요를 만들어 줘. 아래는 기존 내용의 목록과 이후 예상되는 전개에 관해 기술한 글이야.

1. 18살의 소피아 휴는 보헤미아 카를스바트에 당도한다. 소피아의 부모님은 끔찍한 습격으로 돌아가셨고, 그로 인해 소피아는 정신적으로나 신체적으로 큰 상처를 안고 있다. 이제 소피아는 카를

스바트에 와서 레나타 이모(소피아 엄마의 언니), 그레거 삼촌(카리스마가 있지만 통제할 수 없는 정신과 의사)과 함께 살려고 한다. 승강장에서 기다리는 동안 소피아는 유명한 영매인 하먼 부인이 어떤 여자와 이야기를 나누는 것을 본다. 그러다가 하인 한 명이 소피아를 데리러 오는데, 소피아는 이모가 직접 마중 나오지 않은 사실에 실망한다.

2. 소피아는 앞으로 살게 될 스타즈니 영지의 대저택에 도착한다. 거기서 레나타 이모와 여자 사촌인 리다를 만나는데, 둘 다 소피아에게 쌀쌀맞고 못되게 굴며 소피아의 등장을 마뜩잖게 여긴다. 두 사람이 소피아에게 집을 구경시켜 주고, 소피아는 응접실에서 삼촌과 삼촌의 동료 정신과의인 에밀을 만난다. 에밀은 나중에 소피아에게 이성적 호감을 품게 되는 인물이다. 삼촌은 소피아에게 부모님이 습격을 당한 사건과 소피아의 증상에 대해 곧바로 질문하기 시작한다. 그레거 삼촌은 소피아를 실험 대상으로 삼으려 한다. 소피아는 완전히 압도되어 지쳐 버리고, 방으로 안내를 받은 후 정신을 잃고 만다.

3. 소피아가 남자들에게 쫓기는 악몽을 꾸다가 깨어나는데, 벽을

두드리는 소리가 들린다. 소피아는 실수로 주전자를 넘어뜨리고, 하녀인 메리가 와서 소피아를 도와주며 자신을 소개한다. 메리는 소피아를 아래층의 아침 식사 자리로 안내하며 집 안에서 벌어지는 일들이 심상치 않다는 사실을 흘린다.

4. 소피아는 아침 식사 자리에서 남자 사촌을 만나고 이모에게 짧게나마 이야기를 건넨다. 이모는 곧 온천에 갈 생각이니 소피아도 함께 가자고 하고, 나중에는 하먼 부인과의 교령회가 예정되어 있다는 사실을 알려 준다. 아침 식사가 끝난 후 소피아는 집 안을 돌아다니다가 지하실로 통하는 축축하고 오래된, 돌로 만든 비밀 통로를 발견한다. 소피아는 그 통로를 닫고 들어가지 않는다.

5. 나중에 소피아는 이모와 리다와 함께 온천지에 가지만, 두 사람은 소피아를 무시한다. 그러다 소피아가 하먼 부인을 만나 부인의 개인 욕탕에 가게 되는데, 그곳에서 소피아는 물속에서 공격을 당하는 환각을 경험한다.

6. 스타즈니 저택으로 돌아온 소피아는 환각 같은 발작 증세 때문에 문제를 겪는 자신의 상황을 메리에게 자세히 털어놓는다. 메리

에게 발작에 대해 이야기하자 메리는 젊은 여자들이 스타즈니 저택으로 와서 정신과 치료를 받고는 자취를 감추거나 환각 증세를 겪는다는 사실을 말해 준다.

7. 교령회가 열리고 소피아 엄마의 영혼이 집 안을 배회한다. 소피아는 또 환각을 겪고 밖으로 나가서 정신을 잃었다가 깨어난다. 모두 소피아가 미쳤다고 생각한다. 사람들이 수정점을 치려고 하는데, 소피아는 거울을 통해 에밀이 자신의 뒤로 다가오는 걸 본다. 소피아는 거울을 떨어트리고 거울이 산산조각 난다.

이어지는 내용에는 소피아가 영혼을 만나고, 소문을 듣고, 여자들을 봤으면 좋겠어. 한 가족이 저택의 문 앞까지 찾아와서 자기 딸을 돌려달라고 요구하는 장면도 넣고 싶어. 결국에는 소피아가 저택에서 벌어지는 일을 파헤치기 시작하는데, 그레거 삼촌이 젊은 여자들에게 실험을 하고 있던 거야. 그러다가 결국 여자들이 죽으면집 아래의 온천장에 시체를 유기하는데, 그렇게 해서 자신이 힘을 얻는다고 믿고 있어. 에밀은 시간이 지날수록 소피아와 이성적인 관계로 얽히지만, 에밀의 과거는 베일에 감춰져 있고 소피아는 에밀이 그레거 삼촌과 얼마나 깊이 연관돼 있는지 알지 못해. 마지막에 소피아는 주변의 모든 것과 맞부딪쳐야 하고, 결국 당국이 개입해서 소피아와 에밀은 기차를 타고 잉글랜드에 있는 소피아의 고향으로 돌아갈 거야.

GPT-4 주어진 정보를 바탕으로 책의 나머지 부분에 대한 완전한 개요를 만들어 보겠습니다.

1막:

(1~7장) 이미 자세히 기술된 바과 같습니다.

2막: 소피아는 처음으로 유령을 마주하게 되고, 두려워하면서도 강한 흥미를 느낍니다.

소피아는 스타즈니 대저택의 역사와 그 지역의 전설을 조사하기 시작하면서 어두운 과거를 밝혀냅니다.

가족들이 자신의 딸을 돌려달라고 찾아옵니다. 소피아는 호기심을 느껴 더 조사해야겠다고 결심합니다.

소피아와 에밀이 점점 가까워지고, 서로의 경험과 문제를 공유합니다. 하지만 에밀에게는 여전히 불가사의한 면모가 있습니다.

소피아는 에밀의 과거에 대해 더 알아내고 그레거 삼촌과의 연관성을 의심합니다.

영적인 존재와 계속 마주치며 소피아는 그레거 삼촌의 실험에 관한 숨겨진 일지와 문서를 발견합니다.

소피아와 에밀은 아무도 모르게 비밀 통로와 지하실을 탐험하며 실종된 여성들에 대한 증거를 찾습니다.

소피아는 메리에게 자신이 발견한 사실을 털어놓고, 메리는 소피아의 편이 되어 자신의 의혹을 공유합니다.

3막:

소피아가 염탐하다가 리다에게 들키고, 리다는 소피아가 가족의 비밀을 캐내는 걸 멈추지 않으면 전부 말하겠다고 위협합니다.

에밀은 그레거 삼촌의 실험과 자신의 과거에 관해 알고 있는 것을 털어놓고, 소피아와의 협력 관계를 공고히 합니다.

소피아와 에밀은 그레거 삼촌의 악행과 실종된 여성들의 운명에 대한 구체적인 증거를 수집합니다.

소피아가 레나타 이모와 갈등을 빚고, 이모는 실험에 대해 알고 있었다는 사실을 어쩔 수 없이 인정하지만, 삼촌이 노여워

할까 두려움에 떱니다.

소피아, 에밀, 그리고 그레거 삼촌 사이의 치열한 대치가 벌어지면서, 온천장에 대한 사실이 드러납니다.

소피아와 에밀의 신고로 당국이 도착하고 그레거 삼촌이 체포됩니다.

저택의 어두운 기운이 씻겨 나가고, 실종된 여성들의 영혼이 마침내 평온을 찾습니다.

소피아와 에밀은 메리와 다른 사람들에게 작별을 고한 뒤 스타즈니 영지를 떠나 함께 새로운 삶을 시작하기로 합니다.

소피아와 에밀은 잉글랜드로 가는 열차에 올라 밝은 미래를 꿈꿉니다.

이 개요는 고딕 소설과 미스터리 소설의 어조를 유지하면서 초자연적 요소를 철저히 파고들어 이야기 속 맥락과 잘 결부시킵니다. 또 만족스러운 결말을 도출하는데, 소피아는 두려움에 맞서며 가족에게 드리웠던 어둠을 극복해 냅니다.

이 정도만 해도 앞으로 어떻게 진행해야 할지 갈피가 잡힌다.

하지만 나는 이때부터 챗GPT에게 각 절을 더 자세히 파고들도록 요청했고, 그러기 위해 다음과 같은 유형의 프롬프트를 활용했다.

각 장에 세부 사항을 더해서 2막을 발전시켜 줄래?

Can you help me develop act 2 with more detail for each chapter?

더 자세한 개요가 생성되고 나면, 필요에 따라 수정하며 점점 더 세부적인 개요로 만들어서 결국은 다시금 이야기를 써 나갈 수 있는 수준에 이르렀다. 맞지 않는 이야기는 바꿔 가면서 몇 번 더 시도해야 했지만, 막혔던 이야기를 다시 써 내려갈 수 있을 만큼 괜찮은 개요를 얻게 되었다.

과거의 경험에 비추어 보았을 때 개요는 책을 쓰면서 바뀌어 나가지만, 글을 쓰다가 막힐 때마다 챗GPT에게 내가 지금까지 생각해 낸 이야기를 들려주고 새로운 개요를 짜 달라고 요청하는 것이 정말 탁월한 전략이라고 생각한다. 진행이 꼼짝없이 멈춰 버린 프로젝트에서 이 방법은 언제든 통할 것이다.

인물 목표 파헤치기

글을 쓰다가 막혔을 때 유용했던 또 다른 방법은, 조금 더 자세히 분석한 뒤에 주인공의 목표에 대해 묻는 것이다. 최근에 본 훌륭한 유튜브 영상에 의하면, 인물의 목표를 충분히 바꾸지 않았기 때문에 글을 쓰지 못하고 막히는 작가들이 많다고 한다. 이 점에 대해 생각하다 보니 큰 깨달음을 얻었다. 나도 과거에는 인물의 목표를 충분히 고민하지 않았기 때문이다.

챗GPT에게 주인공의 목표를 분석해 달라고 요청하자 정말 놀라웠다! 다시 초안을 써 내려갈 수 있도록 훨씬 많은 정보를 제공해 주었고, 집중할 만한 더 작은 목표를 제시하여 내 프로젝트의 글들을 새로운 방식으로 바라볼 수 있게 했다.

🔲 **나** 소피아의 목표는 무엇이며, 그게 이야기의 전개에 따라 어떻게 바뀔 수 있을지 같이 고민해 줄래?

GPT-4 물론이죠! 책 전반에 걸친 소피아의 목표를 작게 쪼갠 뒤에 이야기가 전개됨에 따라 어떻게 바뀌어 나갈지 분석해 보았습니다.

초기 목표: 안전감과 소속감을 확보함

소피아는 부모님의 비극적인 죽음 이후 스타즈니 대저택에 도착하여 안식처를 찾고 친척들과 새집에서 삶을 꾸릴 수 있기를 바랍니다.

순응: 새로운 환경과 가족에 적응함

친척들의 냉대와 노골적인 적대심에도 불구하고, 소피아는 스타즈니 대저택에서의 삶에 적응하고 가족들 간의 역학 관계를 이해하기 위해 노력합니다.

호기심: 스타즈니 대저택의 수수께끼를 파헤침

소피아가 영적인 존재를 마주치고, 실종된 여자들에 대해 듣게 되자 저택의 어두운 과거에 관한 숨겨진 진실을 밝혀내겠다는 결심이 확고해집니다.

관계 형성: 에밀과 메리와 가까워짐

소피아는 에밀과 메리와 유대 관계를 형성하여 초자연적 사건과 가족의 비밀을 이해하려는 탐색 과정의 협력자로 삼고, 감정적인 지지를 얻습니다.

진실 규명: 그레거 삼촌의 실험을 조사함

그레거 삼촌의 실험과 실종된 여성들의 운명에 관해 감춰져 있던 사실이 드러나며 소피아의 목표가 바뀌고, 소피아 본인도 점점 더 그 미스터리 속에 얽히게 됩니다.

무고한 희생자 구제: 피해자와 그 가족들을 보호함

소피아는 진실 규명에만 집중하는 것에서 벗어나 남아 있는 피해자를 보호하고 구제하며 실종된 여성들의 가족이 고통에서 벗어나도록 돕는 일에도 집중합니다.

개인적 성장: 과거를 마주하고 두려움을 극복함

소피아는 스타즈니 대저택의 어둠을 마주하고 고통을 끝낼 힘을 얻기 위해서는 자신의 충격적인 과거와 두려움을 극복해야 한다는 사실을 깨닫습니다.

최종 목표: 그레거 삼촌을 폭로하고 정의를 찾음

소피아의 최종적인 목표는 그레거 삼촌에게 정의를 구현하여 지금까지 행해 온 실험과 힘의 남용을 끝내는 일입니다.

책 전반에 걸쳐 소피아가 새로운 환경과 가족을 둘러싼 미스터리에 대해 알아낼수록 개인적인 목표도 변화합니다. 소피아의 이러한 여정은 개인의 성장과 권한 부여의 과정으로서, 소피아는 자신의 과거와 정면으로 부딪치며 의미 있는 관계성을 형성하고, 삼촌이 저지른 악행을 바로잡고자 합니다.

다른 유용한 방법

이러한 기술 이외에도 장면 하나를 골라 챗GPT에게 비평하거나 요약해 달라고 요청하면, 그 장면에 대한 새로운 시각을 얻게 되어 앞으로 어떻게 전개해야 하는지, 어떤 요소를 바꿔야 하는지 알게 되는 경우가 많다.

나는 조연을 이용해 인물을 발전시키는 것도 좋아한다. 조연을 파고들다 보면, 새로운 줄거리, 장면, 또는 대화를 떠올리는 데 도움이 되는 경우가 많고, 그러면 이야기를 전개하며 다시 앞으로 나아갈 수 있다. 챗GPT에게 다른 인물의 관점에서 장면을 새로 써 달라고 요청할 수도 있다.

개요를 바탕으로 반전에 관해 브레인스토밍하는 것을 도와 달라고 요청해도 좋다. 챗GPT에게 개요를 알려 주면서 그 개요에 근거하여 반전을 제안해 달라고 요구하고, 제안에 따라 지금까지 썼던 글을 다시 작업하면 된다.

프로젝트를 진행하다가 진척이 안 될 때는 정말 끔찍한 기분이다. 나도 그 고통을 잘 알고 있다. 혹시나 그런 고통 속에 있는 작가가 있다면, 부디 이러한 제안들이 도움이 되었기를!

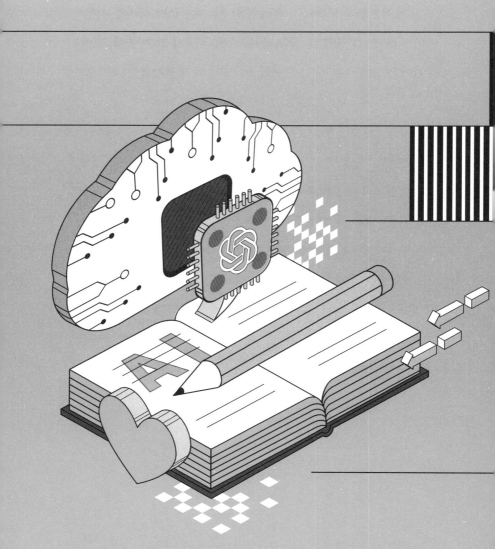

08

프롬프트 작성에
유용한 단어들

프롬프트 작성에 유용한 단어들

이 커닝 페이퍼는 내 웹사이트 리소스 페이지(novaleigh.net/resources)에서 PDF 파일로 받을 수 있으며, 해당 페이지에서 이외에도 다른 유용한 정보와 자료를 찾을 수 있다.

형식/어조/문체 프롬프트

형식적인 Formal

격식을 차리지 않은 Casual

회화체의 Conversational

학구적인 Academic

익살스러운 Humorous

빈정대는 Sarcastic

진지한 Serious

쾌활한 Playful

반어적인 Ironic

풍자적인 Satirical

공감하는 Empathetic

연민하는 Compassionate

권위적인 Authoritative

설득력 있는 Persuasive

유익한 Informative

1인칭 과거형 First person past

3인칭 Third person

확장 프롬프트

~에 대해 상세히 설명하다 Elaborate on

발전시키다 Develop

~에 관해 더 구체적으로 서술하다 Add more detail about

~을 부연하다 Expand on

살을 붙이다 Flesh out

확장하다 Enlarge

더 설명하다 Further explain

~에 대해 추가적인 정보를 제공하다 Provide more information on

~을 더 깊이 파고들다 Dive deeper into

더 상세히 설명하다 Describe in greater detail

~의 예시를 더 들다 Provide more examples of

자세히 서술하다 Amplify

확대하다 Augment

보충하다 Supplement

질을 높이다 Enrich

축소 프롬프트

요약하다 Summarize

간단히 설명하다 Boil down

줄이다 Reduce

챗GPT와 함께하는 소설 창작

다듬다 Trim

수렴하다 Constrict

압축하다 Condense

축약하다 Abbreviate

자르다 Cut

길이를 줄이다 Shorten

개요를 만들다 Synopsize

개요를 잡다 Outline

간추리다 Digest

명확한 Precise

정리해서 말하다 Recapitulate

요점을 말하다 Recap

간결한 Concise

형상화 프롬프트

그림을 그리다 Paint a picture

시각화하다 Visualize

묘사하다 Describe

그리다 Depict

마음속에 그리다 Envision

보여 주다 Show

상기시키다 Conjure up

활기를 불어넣다 Bring to life

~의 본질을 담다 Capture the essence of

환기시키다 Evoke

나타내다 Portray

예를 들어 설명하다 Illustrate

표현하다 Render

~의 심상을 만들다 Create a mental image of

상상하다 Imagine

담아내다 Represent

오감을 자극하는 표현을 활용하다 Use sensory details

생생한 언어를 활용하다 Use vivid language

비유적 언어를 활용하다 Use figurative language

은유와 직유를 활용하다 Use metaphor and simile

브레인스토밍 프롬프트

나열하다 List

브레인스토밍하다 Brainstorm

생성하다 Generate

탐구하다 Explore

고려하다 Consider

상상하다 Imagine

~라면 어떨까 What if

~하는 법 How to

~을 하는 기발한 방법 Creative ways to

~에 관한 독특한 아이디어 Unique ideas for

~에 관한 모든 입장 Possible angles for

~에 대한 새로운 접근법 New approaches to

~을 관한 획기적인 아이디어 Out-of-the-box ideas for

~을 하는 색다른 방법 Unconventional ways to

~을 바라보는 신선한 시각 Fresh perspectives on

구조화 프롬프트

개요 Outline

틀 Framework

계층 Hierarchy

연대표 Chronology

흐름도 Flowchart

중요 항목 Bullet points

절 Sections

부분 Segments

구성점 Plot points

스토리보드 Storyboard

뼈대 Skeleton

청사진 Blueprint

지침 Roadmap

구성 Architecture

플롯 구조 Plot structure

장면 구조 Scene structure

이야기 호/내러티브 아크 Narrative arc

인물 호/캐릭터 아크 Character arc

챗GPT와 함께하는 소설 창작

전환 Transition

장면 설정 Scene-setting

글을 마치며

이 책에서 프롬프팅의 중요성을 거듭 강조했으니 지금쯤이면 프롬프트를 만드는 일이 얼마나 중요한지 감이 잡혔으리라 믿는다. 잘 조직된 프롬프트의 힘을 보여 주기 위해 책 전반에 걸쳐 예시를 들었는데, 이런 예시를 접함으로써 많은 것을 배울 수 있었기를 빈다.

마무리하는 말로 챗GPT를 활용해 글을 쓰는 일을 독려하고 싶다. 많은 이들이 기술을 두려워하며, 기술이 결국 작가를 대체하거나 인간성이 결여된 글을 만들어 낼 것이라 생각한다. 하지만 내 경험상 오히려 정반대였다. AI는 스스로 의견을 만들어 낼 수 없다(아직은!). 인간이 프로젝트를 지시하는 말을 입력하고 상당한 양의 정보를 걸러서 진흙 속의 진주를 찾아내야 한다. 결국 기술을 올바르게 사용해야만 심도 있는 글을 더 효율적으로 쓸 수 있는 강력한 도구가 되는 것이다.

작가들은 전부 성격도 다르고 글을 쓰는 과정도 다르기 때문에 어떤 작가들은 이러한 새 기술을 자신의 작업에 통합하는 과정이 상대적으로 더 어려울 것이다. 이런 작가들에게 해 주고 싶은 말은, 계속해서 새로운 방법을 시도하고 찾으라는 것이다. 어떤 방법이 나와 꼭 맞을지는 아무도 모르는 일이다.

챗GPT를 탐구하는 과정이 순탄하기를 진심으로 바란다! 만약 이 책으로 이야기를 만드는 데 도움을 받았다면 novanovaleigh.net로 이메일을 보내거나 공개적으로 이야기를 공유하고 내게 알려 줬으면 한다. 세상에 더 많은 이야기가 탄생할수록 더 살기 좋은 곳이 되리라고 나는 굳건히 믿고 있으니까.

내 웹사이트인 novaleigh.net, 미디엄 Medium, 그리고 다른 웹사이트에서도 작가를 위한 AI에 관한 글을 계속 써 나갈 것이다. 그러니 이 책을 다 읽고 나의 또 다른 글이 궁금해진다면, 인터넷에서 더 찾아 보기를!

챗GPT와 함께하는 소설 창작

인공지능과 협업하는 창작자를 위한 가이드

초판 1쇄   2023년 10월 20일

지은이   노바 리
지은이   조윤진

펴낸이   김한청
기획편집 원경은 차언조 양희우 유자영
마케팅   현승원
디자인   이성아 박다애
운영   설채린

펴낸곳 도서출판 다른
출판등록 2004년 9월 2일 제2013-000194호
주소 서울시 마포구 동교로 27길 3-10 희경빌딩 4층
전화 02-3143-6478 **팩스** 02-3143-6479 **이메일** khc15968@hanmail.net
블로그 blog.naver.com/darun_pub **인스타그램** @darunpublishers

ISBN 979-11-5633-574-0 03800

다른 생각이
다른 세상을 만듭니다